「レディ、サービスでございます」
「あら、ありがとうございます」

大盾持ちの騎士達が
ヘイト稼ぎを使用したのを確認してから、
攻撃を開始します。
「【Ra'se《ら・せあ》 Mea《みあ》 Persepho《ぺるせふぉ》 Ilda《いるだ》】」

「姫様なにあれ！　あの斧なに!?」
「はて、何でしょうね　あの斧。まさかギミック付きとは……」

Free Life Fantasy Online

フリーライフファンタジーオンライン

~人外姫様《イモータルプリンセス》、始めました~

8

子日あきすず Nenohi Akisuzu

Illustration Sherry

登場人物紹介

アナスタシア
主人公。リアルでの名前は月代琴音（つきしろことね）。通称姫様。武器はアサメイと本で、防具は修道服。アサメイによる光剣で、よりSW感が増した。魔法攻撃パリィタンク。

アルフレート
首なし騎士であるデュラハン系統。装備はバスタードソードに大盾、種族由来のフルプレート。PTではメインタンク。首なしの馬もいるので機動力もある。

ほねほね
通称スケさん。スケルトン系の人外プレイヤー。種族はリッチ。装備は長杖。スタッフと言われる長い木製のあれ。PTでは純魔のアタッカー。

アメ
双子の男の子。宝石にある『アメトリン』のアメシストの方。半透明の人型で、髪と目が薄《うっす》らと紫色。一人称が自分の名前の元気系。武器は大鎌の死神系。

トリン
双子の女の子。宝石にある『アメトリン』のシトリンの方。半透明の人型で、髪と目が薄らと黄色。一人称が自分の名前の元気系。武器は棹《さお》で川底を突いて船を進めるあれ。運ぶ系。

アキリーナ
主人公の妹。リアルでの名前は月代秋菜（つきしろあきな）。種族は人間。装備はハルバードと軍服風。お姉ちゃん大好きだが、同じPTかというとそれはそれ。リア友2人とネットの友達でPTを組んでいる。PTポジションは遊撃。

トモ
主人公幼馴染み一号。種族は人間。装備は本と布系。PTリーダーで魔法アタッカー。

スグ
主人公幼馴染み二号。種族はジャイアント。装備は両手鎚と革系。トモPTで脳筋アタッカー。

ラピス
主人公と同じクラスの委員長。ミルクティー色の髪と青色の目で、ウォーハンマー。トモPT。

エリーザ
主人公の幼馴染みの社長令嬢。通称エリー。種族は人間。装備は鞭とドレス。見た目を一言で表すと金髪ドリルの悪役令嬢。つまりナイスバディ。なお性格は至って普通。判断が割とシビア。

レティ
エリーのお世話役。種族は人間。装備は短剣とメイド服。

アビー
妹の幼馴染みの社長令嬢。種族は天使。装備はハリポタ的なワンドと布系。見た目を一言で表すと乙女ゲーの主人公。ただし髪はドリル。人形が本体のマリオネッター。エリーと4人PT。

ドリー
アビーのお世話役。種族は天使。装備は格闘武器とメイド服。

セシル
「暁の騎士団」のギルマス。種族は人間。装備は双剣と革系。見た目は乙女ゲー出身のイケメン。

ムササビ
「NINJA」のギルマス。忍者とかではなく、スレイヤーの方。間違いなくゲーム楽しんでるマン。

ルゼバラム
「ケモナー軍団」のギルマス。端的に言って、二足歩行して喋る熊。格闘タイプ。

こたつ
「わんにゃん大帝国」のギルマス。投擲がん上げの猫獣人。武器になりそうなら大体投げる。

ミード
エルフの姉貴。装備は長弓と革系。ザ・エルフ!って見た目の狩人。

フェアエレン
空飛ぶの大好き妖精。複合属性の雷系妖精エクレーシー。

クレメンティア
主人公に並ぶ希少種、植物系プレイヤー。人化ルートで謎生物に乗っている。

キューピッド
ザ・天使。ハートを射抜くキューピッド（物理）。つまり弓。天使への進化条件発見者。

モヒカン
お前ゲーム違くね?状態の世紀末ヒャッハープレイヤー。ロールプレイヤーの鑑。装備は短剣と革系。それと汚物消毒用の火系魔法。ミードによると、ヒャッハー系良い人。

ヴィンセント
誰だこいつと思ったそこのお前！　駄犬の事だ。ドM系ワンコ。我々の業界ではご褒美です。

調べスキー
検証班のギルマス。種族はエルフ。スキルの検証は勿論、世界設定など幅広く情報を集めている。

エルツ
《鍛冶》スキルの上位層プレイヤー。種族はドワーフ。豪快系ロールプレイヤー。鉱石＝エルツ。

ダンテル
《裁縫》スキルの上位層プレイヤー。種族は人間。SSで値引きしてくれる。レース＝ダンテル。

プリムラ
《木工》スキルの上位層プレイヤー。種族は兎獣人。リアル中学2年生。桜草＝プリムラ。

サルーテ
《調合》スキルの上位層プレイヤー。種族は人間。白衣にメガネでそれっぽい。健康＝サルーテ。

ニフリート
《細工》スキルの上位層プレイヤー。種族はマシンナリー。翡翠＝ニフリート。

マギラス
《料理》スキルの上位層プレイヤー。種族はエルフ。短髪で白混じりの金、深緑の目でコック服。元エリー達行きつけの店の料理長。ゲームをしている理由はリアルの事情なので聞いていない。

シュタイナー
「農民一揆」のギルマス。麦わら帽子にツナギ装備で統一されていて、武器は当然農具。

住人（冥界）

宰相
冥府にある常夜の城にいる宰相。不死者達のまとめ役。

スヴェトラーナ
通称ラーナ。軍の総隊長。南にあるディナイト帝国の過去の英雄で、主人公の剣の師匠。

エリアノーラ
主人公の離宮で、主人公のお付き。主人公がいない間は色々している筆頭侍女。

ティンダロスの大君主　ミゼーア
通称ワンワン王。可愛く言っているが、全然可愛くはないし、何なら犬ですらない。犬っぽい何か。ティンダロスの猟犬の親玉。

ニャルラトテップ
ニャル様。深淵の宰相的な立ち位置。ニャルラトテップとか、ニャルラトホテプとか、ナイアルラトホテップとか色々呼び方があり、姿も色々。

住人（地上）

メーガン
主人公の錬金の師匠。錬金のコツやレシピとかを教えてくれる。それなりのお年。

ルシアンナ
始まりの町の教会にいる大司教。メーガンと同年代ぐらい。

ソフィー・リリーホワイト・ソルシエール
最年少で不老の魔女《ソルシエール》に到達した天才。

Contents

挿絵:Sherry
デザイン:浜崎正隆(浜デ)

01　平日　月曜―金曜

ログアウト中にキャパシティは増えず、ログイン中の1時間――勿論《もちろん》リアルタイム――で……17ですか？　1時間でスキルレベル分増えていくんですかね。塵《ちり》も積もれば……なのでしょうけど。

ないよりは良いけど、期待するほどでもない？

まあ、《偉大なる術《アルス・マグナ》》君は名前の割に《死霊秘法》の強化スキルでしかないので、自動で増えるだけマシか。

死亡時キャパシティ損失を考えると現状では悪化していますが、多分2次に進化したりするタイプではないでしょう。つまり最初のうちは結構なスピードで上がってくれるはずです。

使役系は要塞《ようさい》をデデンと1体召喚するより、骨などで大量に出した方がスキル上げにはなりそうですね。《偉大なる術《アルス・マグナ》》は《死霊秘法》の強化スキル。さて、効率の良い上げ方はどんなですかね。

ん、《人形魔法》の本がありますね。常夜《とこよ》の城にある本って貸し出しできるのでしょうか？　できるならアビーに渡せるのですが。


それにしても、なぜこれに《直感》が反応しているのか。勿論読みますけど。

〈特殊レシピ『ドールコア』を覚えました〉

［素材］　ドールコア　レア：Ep
自動人形《オートマタ》のコアとなる心にして動力源。
《召喚魔法》《人形魔法》【ゴーレム錬成】を元に複合発展した叡智《えいち》の結晶。

……まだ作れないじゃないですかー！　素材云々《うんぬん》の前に、最低条件に《錬金術師》とか、3次スキルを要求してきてますね。

ふぅむ……素材は宝石と魔石ですか。素材自体は問題ありませんが、作るには3次スキルが必要。それにドールコアだけあっても仕方ないので、人形を作っている人に売ることになるでしょう。

特殊レシピと言えば、簡易聖水でも作ってみましょうか。
容れ物に清浄の土を入れて、川で濯《すす》いで綺麗《きれい》にしてから追憶の水を注ぐ。そして下から出てくる水を確保。1回で使用する水の量に上限がないようなので、それなりの量を用意しましょうか。
そしたらその水に祈り……力を与える。定型文があるようですね。
「悪しき力を払う神々の息吹よ。彼の水に聖なる力を与えたまえ」
そよ風が発生して天から光が降り注ぎ、水が光って簡易聖水の完成です。これが聖職者特有のお祈り効果。そのためスキルなどは特に使用していません。

［素材］　簡易聖水　レア：No　品質：S＋
　聖職者の祈りによって作成された、神々の力を持った水。
　強力な聖属性を有する。

　初のS＋がこれですか。なんていうか、複雑ですね……。土を水で洗って水が滲《にじ》み出てくるのを待ち、お祈りしただけです。これを生産品と言っていいものか。

　蘇生薬《そせいやく》が称号やらの影響があったので、これもあるかもしれません。1人で検証は不可能ですけど。検証に参加するにも聖職者になる必要があるため、進まなそうですね。

　……まあ、使う予定がないので教会にでも置いてきましょうか。料理に使うわけにもいきませんでしょうし……ああ、エルツさんに渡すのはありかもしれませんね。どうせなら生産組に配って回り、残った物を教会に持っていきましょう。勝手に使い道を探すでしょう。素材に選択肢が増えるだけで、生産職は喜ぶはず。

「宅配でーす」

「は？　……姫様か」

「聖水ですよ」

「ほう。使い道考えてみるか」

「ではダンテルさんとかにも配ってくるので」

「あいよ。早速考えるとしよう」

エルツさんに渡したので、あとはダンテルさん、プリムラさん、サルーテさん、ニフリートさんに聖水を配ります。

そして残りを教会へ。

「ルシアンナ様でしょうか？」

「試しに作った聖水を持ってきたのですが、保存場所はありますか？」

「それでしたらこちらです」

インベ整理というか、在庫処分というか……あれなので、お代は頂かずに置いていきます。頼まれたら依頼としてお金貰《もら》いますけど。

「この品質……さすがでございます。こちらへ置いてくだされば、私達で整理しておきます」

言われた通りに、部屋の奥にある空いているスペースに並べて置きます。細かなことを私にやらせるわけにはいかないとか言われてしまったので、お任せします。

大体のゲームでは無視される立場が機能しているのは良いですね。問題はそれによって行動が制限されることでしょうが、別にゲームなら普通と言えば普通のことです。仕様との戦い。

大体のゲームだと勇者とか英雄にお使いさせる、中々勇気のあるＮＰＣ達が多いですよね。

「あら……ネメセイア様？」

「ああ、ルシアンナさん。試しに作ってみた聖水を寄付しておいたので、お使いください」

「それはそれは、大切に使わせて頂きます」

始まりの町一帯の纏《まと》め役である、大司教のルシアンナさんと遭遇しました。

「今日は球体が出ていないのですね？」

「さすがにあれかな……と消しているのですが、出てた方が良かったりしますか？」

「そう……ですね。教会へ行く場合、出していた方が面倒がないかと思われます」

要するに……服装のデザインと色合いで信者に絡まれるか、見た目のヤバさから遠巻きにされるか、どちらか好きな方を選べってことですね！

「王侯貴族がそれらしい格好をしているのも、ある意味ではマナーですから。無駄な騒ぎを起こさないための対策ですね。服装から『貴族です！』という格好をすることで、最初からそういう扱いを求めるわけです」

騎士は騎士らしく。聖職者は聖職者らしく。つまり制服や仕事着ですね。王政であるこの世界は身分社会です。円満に回すためには役職にあった格好をした方が色々と便利ですか。

まあ確かに。平民に話しかけたつもりが実は貴族で、キレられたら傍迷惑《はためいわく》な話です。不敬罪で物理的に首が飛びますからね。

「所謂《いわゆる》お忍びは、お金持ちの商家辺りを装いますし、お忍びするような方々は承知の上なので、問題には発展しづらいのが幸いですね」

中途半端なのが一番面倒ですか。相手の立場や職業を見極めるのに一番簡単な手段……それはやっぱり衣服でしょう。制服最強ですよね。あれほど分かりやすいものはそうないと思います。

私はこの装備を変える予定はありません。最終的にも手持ち的にも、恐らく最強装備だろう物を脱ぐつもりはありません。

問題なのは魔改造レベルに聖職者ローブがアレンジされており、更に主神副神カラーがガッツリ使用されている色合い。聖職者からすれば大事な式典などで着る色合いですね。エフェクトを消すと完全にただの人間なので、見分けがつかなくなります。この服装でいる場合、エフェクトを出してしまうのが一番面倒事を回避できる。

『見覚えのない顔、つまり新人？　新人がその色合いかつ、アレンジローブ？』で、注意。そしたら実は外なるものでした……とか気の毒過ぎますね。

分かりやすくするのも優しさと言えるでしょうか。

ただ、あのエフェクトは《揺蕩う肉塊の球体《スフィア・クレマス・ウェイヴィー》》の有効時エフェクトなんですよ。自動反撃スキルです。町中でぶつかってきた人を張り倒さないか地味に気になりますね。張り倒すようならオフにせざるを得ない。張り倒さないならオンの方が良さそうです。切り替えも面倒ですから。

「有効にしておきましょうか。子供に泣かれたら切ります」

「ふふ、面倒事より子供の笑顔をとりますか」

「はい。子供達を泣かせないため……なら納得してもらえるでしょう。ダメな人物なら気兼ねなく張り倒せますよ」

能力やサイズなどの問題から隔離される外なるもの達。隔離理由の中に見た目のヤバさも入っているのですから、説得力は結構なものでしょう。

私は、かなり、マシな方です。はい。

「子供達なら……多分大丈夫でしょう。すぐ慣れるのでは？」

「それは確かに否定できませんね……」

「子供達は素直ですからね」

子供達の適応力はとても高い。

少し雑談した後、お暇《いとま》します。


イベントも終わったばかりですし、学校がある平日はフラフラとのんびり散策です。

「あ、お姉ちゃん！」

「ひめさま！」

「おねえちゃん！」

ワラワラと住人の子供達が寄ってきました。可愛いですね。撫《な》でておきましょう。

「なんかねー。あっちで喧嘩《けんか》してるの！」

「喧嘩？　誰がです？」

「いじんのぼうけんしゃー」

……何やら喧嘩をしているようですね。子供達に連れられて脳内３Ｄマップの範囲内に入りましたが、言い争いですか。どうやらプレイヤー同士なので、スルーしましょう。住人が絡んでいるなら首を突っ込まなくもありませんが、プレイヤー同士なら放置安定です。問題出るようならＧＭが介入するでしょう。

この場合子供達を連れて離れるのが正解でしょうね。子供達の相手をした方が遥《はる》かに有意義。関係ない私が介入したところでどうせ飛び火するんです。無駄なことはしないに限ります。

「お兄さん達の処理はお兄さん達に任せましょうね。危ないので近づいてはいけませんよ」

「「「はあい」」」

子供達と歩きながら話し、少し遊んでから適度なところで脱出します。子供と遊ぶのは時間泥棒ですよ。


商業組合へ行き、ブレスポーションや料理を並べておきます。

称号が加護になったことで、ブレスポーションの品質がSに。蘇生受け付けのクールタイムが10分から8分になりました。良いことですね。

問題があるとすれば、《錬金術》のスキルレベルがびくともしなくなったことでしょうか。全然上がりません。スキル上げはもう少し難しいレシピに変えないとダメですね。

生産はマゾくないと生産職が死ぬので、こんなものでしょう。変わらずちまちま進めるとします。

さて、次は何をしましょうか……。

お、尻尾が5本の狐《きつね》さんが。あれは……ライオン？　スライムに……オーガですかね。なんだかんだでそれなりに人外系がいますね。見た目が違うので目立つだけかもしれませんが。空は空で鳥系や妖精、天使に悪魔とこちらも豊富。ファンタジーしてますね。自分が一番ファンタジーしてそうな見た目ですけど。

「おっ姫様ー！」

この声はフェアエレンさんですね。斜め上からやってきました。

「ごきげんようフェアエレンさん」

「ごきげんよう！　丁度誰かに聞いてみようかと思ってたところなんだー」

「なんでしょう」

「今ってレア種族とエクストラ種族。レアスキルがあるじゃん？」

「ありますね」

「その辺りのおさらいがしたいなーと」

「なるほど。えーっと……確か……」

種族の方は世界的に珍しい種族がレア。所謂ユニークと言われるのがエクストラだったはずですね。世界的なポジションもそのままなので、ＲＰに活かすならこの設定で良いはずです。

ゲーム的には、レアは条件を満たせば誰でもなれる。身近なので言えばアルフさんのデュラハン。アーマーで馬を乗りこなせば良い。

エクストラは狙ってやるのはほぼ不可能。ユーザーは条件知りませんからね。なれるのは鯖《さば》で1人のみ。しかしプレイヤーという中身ありなら案外難しくはない……っぽい。なぜその種族でその縛りプレイをするのか……って者がユニークになりやすいわけですね。……変人の代名詞と言えなくもない。

なお、レア種族の一番最初はアルフさんのようにエクストラ扱いされる。微妙に体の一部がデザイン違ったりですね。

レアスキルに関しては、解放条件が他のスキルとは違う。恐らく解放条件がスキルレベルではない、またはスキルレベルと何か……がトリガーになっている物。そして解放条件は解放者にも分からない。つまり正確な情報を教えられない。取得ＳＰが脅威の16で、スキル効果も特殊なものが多い。

「私はこう認識していますが」

「良かった。同じ認識だ。結局鯖1個なのはエクストラ種族だけだよね？」

「そうですね。後は一部エクストラ装備や神器が1個……？　ぐらいではないでしょうか」

「エクストラ種族も現状……ルートによっては上位っぽいスキルを先取りできるぐらいかー？　ステータスは制限かかるようだし」

「他は人によるでしょうね。ＲＰ勢でなければ大体空気です」

「姫様の離宮も見せびらかせないからねー」

「エリア自体が特殊ですからね……。まあ、ただの生産・採取施設と化しているので、割とどうでもいいと言えばどうでもいいでしょう」

「基本狩りとか探索に出るもんねー」

「ですね。あの位置では店にするだけ無駄ですし、割と考えられているというか、せこいというか……そう言えば妖精の国には行けましたか？」

「行ってきたよー！　妖精が沢山いた。見たことないのもそこそこいたなー」

「やっぱ初見いますよね」

「リャナンシーとかブラウニー、トムテとかプレイヤーじゃ見ないねー」

「姿から派生予想はできました？」

「リャナンシーが吟遊系、トムテが農業系だろうけど、ブラウニーの派生スキルが正直分からん」

「んー……家妖精……掃除……？」

「あるんかね……？　住人専用の可能性もあるくない？　家妖精って家から出れんの？」

「あー……そう言われるとその可能性もありますね」

「レプラコーンは確か採取系で、プレイヤーが既にいたかな。ディナンシーもいたんだけど、プレイヤーのタンクがキャバリシーらしいからこっちも住人用かなー？」

「ディナンシー……ディーナシー？　神族のでしたっけ？」

「多分ケルト神話だね。オベロンとティターニアの近衛やってたよ」

「色々混じってますが……まあ、そんなものですか」

「ゲームの設定だし、そんなもんでしょ。むしろ外なるものの方が異端感凄いじゃん？」

「確かに」

まあ、ゲームの元ネタが分かれば2度美味しい……程度のものですか。『あれ、これって……』となるかは本人次第ですが、別に知ってなければ困るということはないでしょう。このゲームをしている以上、使うのはこのゲームで出てきた設定ですからね。

「そう言えば、《識別》のあれはどうしたんです？」

「あーあれねー。妖精の国で住人と話してたらなったんだよー」

　住人から仕入れた知識でもアナウンスは出ると。私は図書館の本からでしたね。《識別》はスキルレベルがありませんし、扱いが少々特殊ですか。

「あ、敏捷《びんしょう》の謎記述は解決した？」

「ああ、しましたよ。私も飛べるようになりました」

「マジでー！　飛行難易度とかどんな感じー？」

「まず飛行方法が２つありました。それがＥ（Ａ）の正体ですね」

「ほほう？」

「スキルの《座標浮遊》でＥ。そして《座標浮遊》と《空間魔法》の同時使用でＡだと思います」

「《浮遊》や《浮遊能力》の派生系かな？　空間……というと重力操作系？」

「種族の隠し補正で消費が激減してる魔法があるんですよ。ソフィーさんも燃費が悪いからほぼ使わないと言ってましたので、他に考えられないので種族だと思います」

「まあ、飛行系は種族依存だよねー」

　フェアエレンさんと飛行談義。大体分かった《空間魔法》の【グラウィタスマニューヴァー】を使用した飛行を話します。別に隠す必要もありません。《空間魔法》上げれば覚えますからね。

「ははぁん……。くっそ難易度高いね。同じＡでもそうまで違うかー」

「あくまで速度面などの評価であって、操作面は入ってないのでしょうね」

「基本的に姫様はロケットか」

「速度優先ならそうなりますね。速度気にしないなら《座標浮遊》が優秀でしょう」

「空間系に関係ある種族なんかね」

「と言うよりは、ステルーラ様信仰系でしょうか」

「ああ、そっちか」

フェアエレンさんが言うには、やはりFOX4《しょうとつ》すると基本的に即死するようですね。

被ダメージは敵の防御力とお互いの速度、ぶつかり方などが影響する……っぽい感じだけど、妖精は体力ないし、測定しようにも即死するからよく分からんそうで。

「残ったら奇跡」

「そこまでですか」

「ほんとプチッて逝くよ。飛んで火に入る夏の虫だハハハハ」

「自分が虫側なんですがそれは……」

「妖精は虫ではないのかー？」

「種類によっては羽根がそれっぽいですが……えらい自虐ネタですね。他の妖精達にタコ殴りにされそう」

「さすがに面と向かって試してみる勇気はないなー。人外系住人えらいレベル高くない？」

「寿命の差じゃないですかね？　調べスキーさんが住人のレベルは寿命に則《のっと》っている可能性が高い……とか書いてたような」

「えーっと……人類だと魔女などの例外を除き、人間より獣人。獣人よりドワーフとエルフ。ドワーフとエルフよりジャイアントで、一番長いのがマシンナリーなんだ」

まあ寿命が長い分、数は減っていくようですけどね。そのため、町で見かける人種量は寿命の逆です。

そして、ぶっ飛んだ個体は人間が出やすいらしいですよ。具体例としてはラーナでしょう。数が多いからか、寿命が短い分必死に生きるのか……はたまた両方か分かりませんが、この辺の知識は一般常識なので聞けば教えてくれるようです。

「ふぅむ……まあスキルの話に戻ろう。種族スキルの方はどう？　オンリー的なものありそう？」

「えーっと……今のところオンリーはなさそうですね。種族制限的にかなり辛そうなのがありますが、逆に言えばなれてしまえば自動取得ですし。スキル名だけ変えて他の種族に持っていけそうなスキルもありますね」

《異形の神の幼生《ラーヴァ・オブ・ジ・アザー・ゴッド》》とか《活性細胞》、これらは粘液系でもスキル名変えるだけで使い回しできそうですよね。

「だよねぇ……じゃあオンリーはエクストラ種族と、一部エクストラ装備や神器ぐらいかなー」

「そうなりますね。RP面でも見るなら……役職は早いもの勝ちになるかもしれませんが、ログインしないと強制的に外されそうでもありますね」

「それは十分ありえる。MMOだしそんなもんかー」

「そんなものでしょう。全部オンリーではありがたみがないというか、ノーマルですし……レア度高いのが全員に出たら……ねぇ？」

「レア度関係なく値段下がるわなー。レアは出ないからレアなのである。ドロップ品とかは『もしかしたら』のために頑張るわけで……」

「達成感ないゲームをやるか？　って言われると……」

「まあ、やらないよねぇ……」

ゲームはやった分だけすぐにスキルレベルやアイテムなど、数値に出るのが良いんですよね。大体嵌《は》まるのはそのせいでは。

「エクストラ装備はポジション的にはどんな感じ？」

「んー……他ゲーで言うオプションやエンチャントが豊富で、素の攻撃力が低いタイプですね。正直最大の利点は『壊れない』ではないでしょうか」

「ふぅむ……」

「修理費が不要なのは地味に大きいですね。装備用の素材を集める必要がないのを利点と取るか、欠点と取るかは人次第でしょう」

「装備を変える必要がないのを良しとするか、楽しみが減ると取るかだねー」

「ですね。とは言え人外だと進化があるので、どっこいどっこいでしょうか」

「人外系は頭使うし、動くのに慣れも必要だからね……」

情報が全然出きっていない今、人外系の進化はぶっちゃけギャンブルですよ。リビルドができるので救いはありますが、進化先が自分のやりたいスタイルと一致しない場合涙目ですね。フルダイブであるこのゲームだと特に、そこがズレると辛い。

人外系の普段とは違う動かし方に慣れる必要があり、自分の種族と性格に合ったビルドと戦い方を考える頭も必要。


「割と脳死プレイできませんよね」

「狼《おおかみ》とか馬が考えるの楽よねー。骨格的にある程度制限されるし」

「あれらはビルドは楽ですが、戦い方が大変ですよね」

「難しいのはスライムとかゴブリンだよねー」

「割と何でもできる人外種がかなり厄介ですね。つまり不死者系も……」

「だねぇ。妖精はスキル上げに気を使うしー」

「種族変わってしまいますからね……」

「種族特性に合わせて特化させるか、弱点を潰すビルドをするか……人類より性格出るよねー」

「私は一応特化型ですね」

「私も特化型だなー。MMOで器用貧乏は……」

「地獄見ますからね……」

「固定PTなら1人いても良いかもしれないけどねー」


何でもできるタイプは前半火力不足に陥りがちです。そうなると敵を倒すのに時間がかかりますし、ダンジョンではクリアできなくなるでしょう。

つまり、PTに呼ばれづらくなるという悲しみの状態に……。

「そうだ。フェアエレンさん、基礎ステータスのパッシブ系取ってますか？」

「《知力強化》《精神強化》系は取ってるかなー」

「ないよりマシですかね……」

「まあ、パッシブだし？　確殺はしやすくなるんじゃないかな。筋力と体力、器用と敏捷、知力と精神で統合2次になるよ」

えーっとなになに……。

《筋力強化》と《体力強化》で《身体強化》。《器用強化》と《敏捷強化》で《肢体強化》。《知力強化》と《精神強化》で《霊魂強化》ですか。そして、恐らく《身体強化》《肢体強化》《霊魂強化》で何かの統合3次スキルになるのでしょう。

「全部取るべきか……全部3なので、SP18ですかー」

「《体力強化》と《精神強化》で派生なかったっけー？」

「えー……《最大HP上昇》と《最大MP上昇》ですか」

「《体力強化》と《最大HP上昇》を取るべきか悩んでるわー。プチッと逝き過ぎる……」

「弱点カバー用ですか」

「最終的には全部取りそうだけどさー」

「基礎ステータスが高いに越したことはありませんからね」

「スキル上げが面倒だけどね。筋力とか使わねー。体力上げも事故死しそう」

「ああ、ありえそうですね。私は……体力と敏捷以外は比較的楽に上げれそうです。取りますか」

「私も取ろっかなー」

さらば、ＳＰ18。ようこそ、パッシブスキル。

「防御系スキルがさっぱりなんですよね」

「当たらなければどうということはない。なお、オワタ式」

「スリル満点ですね」

「さすがに敵も遠距離攻撃してきて辛《つら》みある」

「ダンジョン行きました？」

「行ったよー。北のは無理だな！　狭い！」

「やっぱそうですか」

「割とトラップもヤバい！」

「私達トラップはガン無視でしたね」

「状態異常効かないのええなー。西も状態異常対策必須だわ。というか西の方が状態異常ヤバいけど、エリアは広いから個人的には楽」

「西まだ行ってませんね。採取は薬草とかですか？」

「うむー。後は木材とかだね。肥料が云々シュタイナーが言ってた気もするわー」

なるほど。森だから肥料も良いのが採れそうですね。しかし、うちの畑は土地自体が特殊なので。

深淵《しんえん》の探索もしてませんし、奈落も実は行ってない。いやはや、世界が広いですね。

「よし、狩りでもするかなー」

「ええ、ではまた」

「またのー」

フェアエレンさんが飛んでいくのを見送り、私は……《縄》上げついでにキャパシティ増やしなどしましょうか。


要塞都市キャストレイユ。そしてディンセルヴ砦《とりで》ですか。

ネアレンス王国の王都の先にある第七、第八エリア。まあつまり、始まりの町があるマルカラント公国の、東に位置するネアレンス王国。その人類生息圏の最東端がディンセルヴ砦であり、その手前がキャストレイユですね。

キャストレイユは建物などの色合いこそ今までと似ているものの、雰囲気は一気に物々しい感じに。町で見かける人達も武装していますね。騎士や冒険者、そして彼らを相手する商人。

立像転移してきたディンセルヴ砦はもう、名の通り砦です。町ですらない。

「む⁉　侵入者⁉」

「どうやってここまで入った⁉」

あ、はい。騎士に囲まれてしまいました。砦ですから、そうなりますよね。

「騒がしいな、何事だ？」

「あ、隊長！　それが……」

「異人なので、立像転移ができるのですよ」

「そうか。次の会議で指示を出す予定だったが、遅かったようだな。お前達、武器をおろせ」

「『はっ！』」

「うちの者達が失礼した。ここは魔物達との最前線の砦になる。戦力になる冒険者は歓迎だ。お前達は持ち場に戻れ」

さすが騎士。キリッとビシッとしていますね。

隊長さんと少し話して情報を入手。周囲の敵は大体55レベぐらいらしいので、異人が戦力になるのはもう少し先ですね。

ただし、物資の輸送依頼なんかが受けられるらしいので、そっち方面では非常に役立ちそうな異人達。護衛依頼はまだ厳しいでしょうけど。

話しているとざわざわと騒がしくなり始め、次第にざわつきが大きくなっていきます。

「む？　なんだ……？」

「はて、何かありましたかね」

「隊長ー！　隊長ー！」

「なんだ！」

「ジェノサイドバイパーとグラップラーベアが戦いながらこっちに来ます！」

「奴らか……」

割と焦り気味の騎士さん。隊長の顔も歪《ゆが》んでいますね。厄介な敵なのでしょうか。

「全員フル装備だ。寝てるのも叩《たた》き起こせ。私も出る」

「はっ！」

「私も手伝いましょう。異人なのでご心配なく」

「……感謝します」

隊長達は準備がありますが、私は真っ直ぐ現場へ向かうとしましょう。

「ジェノサイドとグラップラーだ！　盾忘れんなよ！」

「おう！」

おー、戦闘前って感じですね。

どごんどごんと、随分派手に殺《や》り合っているようで地面が揺れますね。これ、かなり大きいのでは？

「よりによってあいつらか……」

「1体でも苦労するんだがな……」

隊長や起こされて急いで来た騎士達も合流。早いですね。土煙が上がり、木が倒れてる……らしい方を前方に、隊長の指示で陣営が組まれていきます。

剣や盾装備の他にも杖《つえ》装備の騎士もいますね。魔法師団とかでしょうか。少し後ろの方にいるので、私もそこへ合流しましょう。

「分かってるとは思うが、後ろに通すなよ。野宿確定するからな？」

「『それは勘弁！』」

砦で暮らしているようなので、居住区やられたら野宿確定ですね。作り直すのも大変でしょうし。

……ドッスンドッスン鬱陶しいですね。浮けば良いでしょう。

そして、そろそろ一号を召喚しておきましょう。要塞は向かないでしょうね。遠距離攻撃系……霊体で埋めましょうか。

「一号、敵は強いのでタゲを取らないよう騎士団の援護を」

騎士というタンクが沢山いるので、私も魔法攻撃に徹しましょう。魔法師団に混じり、隊長の指示通りに敵を待ちます。

木をなぎ倒し土煙を上げながら現れたのは、4メートルクラスのクマと、10メートルクラスの蛇でした。レベルは両方共50後半。

騎士団と協力して敵を倒せ……というクエストが発生したので、これ突発の防衛クエストですね。発生がランダムなだけで、一般クエストのようです。つまり、ここの騎士団からすれば日常茶飯事。ご苦労さまです。

しばらくは様子見。潰し合ってもらう分には好都合ですからね。これ以上無理だな……という位置に来たら、隊長の指示に従い参戦します。

見てた感想としては、怪獣大戦争。

大盾持ちの騎士達がヘイト稼ぎを使用したのを確認してから、攻撃を開始します。

「【Ra'se《ら・せ》 Mea《あみあ》 Persepho《ぺるせふぉ》 Ilda《いるだ》】」

一号達とグラップラーベアにひたすら魔法を撃ち込み、触手で頭を叩き続けます。さすがに筋力対抗は厳しいですか。恐らくレベル差のせいでしょうけど。

このクエスト、ボーナスクエストでは？　さすが、最前線の防衛を任される騎士達。とても優秀ですよ。遠距離組からしたらボーナスクエストですね。近接組は少々リスクありますが。

15以上の格上だ！　《縄》スキル上げが捗りますね！　そして《聖魔法》も上げられる大変貴重な状況です。かすり傷などの軽傷で後回しにされている人を回復しましょう。

騎士達は慣れたもので、割とあっさり片付きました。


〈種族レベルが上がりました〉

〈《縄》がレベル10になりました。スキルポイントを『1』入手〉

〈《縄》のアーツ【レッグキャプチャ】を取得しました〉

〈《縄》がレベル15になりました〉

〈《縄》のアーツ【ホウルキャプチャ】を取得しました〉

〈《暗黒魔法》がレベル45になりました〉

〈《暗黒魔法》の【ダークエンチャント】が強化されました〉

〈《聖魔法》がレベル5になりました〉

〈《聖魔法》の【キュア】を取得しました〉

〈下僕のレベルが上がりました〉


んー……でりしゃす。

「協力、感謝する」

「いえいえ、こちらも良い経験になりましたのでお気になさらず」

「これといった報酬は出せないが、森へ入る時が来たらある程度のサポートはさせてもらう」

「それは助かります」

騎士団からはこれといって報酬はないけど、ゲーム的なクエスト報酬が貰えますからね。お金とか経験値ですけども。

それとは別に、騎士団の好感度が上がるのでしょう。この言い方だと好感度が高いほど、何かしら助けてくれる……でしょうね。

つまり、このクエストとても美味しい。たまに来ましょう。

クエストも終わりましたし、大体見学したのでお暇します。

そして、アーツの確認。


【レッグキャプチャ】

片足に絡まる。その後は使用者次第。

【ホウルキャプチャ】

全身に絡まる。その後は使用者次第。

【キュア】

かかっている状態異常から1つランダムで、強度を2下げる。

《縄》系のアーツはまあ、今のところあまり使いませんね。

【キュア】がランダムというところに使いにくさが出ていますね。とは言え、ないよりは遥かにマシでしょう。そもそも種族的に効かない私には関係ありませんが、アルフさんとスケさん以外と組んだ場合は使えるでしょう。

基礎ステパッシブ系も上がってますし、これらと《縄》を2次スキルまで持っていきたいですね。狩りしましょうか。キャパシティもありますし。

さ、やるぞー。

■公式掲示板1

【今日もせっせと】総合生産雑談スレ　97【物作り】

1. 名無しの職人
　ここは総合生産雑談スレです。
生産関係の雑談はこちら。
各生産スキル個別板もあるのでそちらもチェック。
前スレ：http://＊＊＊＊＊＊＊＊＊＊
鍛冶：http://＊＊＊＊＊＊＊＊＊
木工：http://＊＊＊＊＊＊＊＊＊
裁縫：http://＊＊＊＊＊＊＊＊＊
...etc
　>>940　次スレよろしく！

726. エルツ

姫様の許可も出たし、情報を出そう。とは言え、素材となる属性金属は姫様から仕入れているから詳しくは知らん。

魔紅鉄《まこうてつ》、魔蒼鉄《まそうてつ》、魔碧鉄《まへきてつ》、魔金鉄《まこんてつ》、魔天鉄《まてんてつ》、魔冥鉄《まめいてつ》だ。

詳しくは金属のSSでも見てくれ。
727. 名無しの職人
おほーっ！　魔紅鉄がアルマンディンマギアイアンか。
728. 名無しの職人
ん？　アルマンディンって言うと……宝石か⁉
729. 名無しの職人
これ、宝石名＋マギアイアンだな？　宝石と魔鉄でできるのか！
730. 名無しの職人
宝石と鉱石放り込めば良いんかね。魔鉄もそこそこ出回り始めたが……うーむ。
731. エルツ
まあ落ち着け。俺が作ってるとは言ってないだろ。
732. 名無しの職人
姫様から仕入れている……ってことは……。
733. 名無しの職人
おっちゃんじゃ作れない？　《錬金》か⁉

734. 名無しの職人
【合成】か⁉

735. 名無しの職人
《錬金》をゴミ判定してたの誰だぁ？

736. 名無しの職人
お　れ　ら！

737. 名無しの職人
はい。

738. 名無しの職人
はいじゃないが。

739. 名無しの職人
マジで、《錬金》の素材屋結構な稼ぎになるのでは？

740. エルツ
なると思うぞ？　それなりの値段渡してるしな。まあ、見ての通り品質は高いが。

741. 名無しの職人
でも上げるの大変なんだよなー。

742. 名無しの職人
ステータス要求が違うのが何より辛みある。

743. 名無しの職人
まあ、誰かしらやってくれんだろ。
744. アナスタシア
最近はジャーキーと属性金属で稼いでいますね。いい値段になりますよ。

ところで、どなたかインナーパンツ作ってませんか？　オーバーショーツでも構いませんが、とりあえず女性下着専門店的な。飛べるようになったので気になるのですが、天使や悪魔の皆さんはどうしているのでしょう。
745. エルツ
いよーう。そういや……聞かないな。
746. 名無しの職人
探してるんだけどねー？　私も欲しー！
747. ダンテル
ちなみにうちにはブルマとスパッツぐらいしか無い。
748. 名無しの職人
王道だな！
749. 名無しの職人
タイツは!?
750. ダンテル

あるぞ。

751. 名無しの職人
さすが。

752. 名無しの職人
タイツのデニールは⁉

753. 名無しの職人
そこまで聞く⁉　マニアックが過ぎませんかねぇ？

754. ダンテル
まあ何種類か用意してあるが、まずははいてくれる人を探せよ。

755. 名無しの職人
ぐはっ……。

756. 名無しの職人
会心の一撃。

757. 名無しの職人
痛恨の一撃。

758. 名無しの職人
ふふ……逆に考えるんだ。自分ではいてしまえばいいと……。

759. 名無しの職人

おい、どうしてこうなるまで放っておいたんだ？

760. 名無しの職人

あんら～、か・ん・げ・いするわよぉ～？

761. 名無しの職人

うわぁ……達者でな。

762. アナスタシア

まあ、これだけいれば……そっち方面も1人や2人ぐらい容易くいるでしょう。

763. エルツ

いるだろうな。

764. ダンテル

安心しろ。誰が何を買ったかなんて言わないからな。

765. 名無しの職人

その優しさが辛いからはいいて。

766. 名無しの職人

草。

767. ダンテル

……どうしてこうなるまで放っておいたんだ？

768. 名無しの職人

タイツだから！　上半身を隠せば！
769. 運営
少し、頭冷やそうか……。
770. 名無しの職人
ヒエッ……。
771. エルツ
達者でな……。
772. アナスタシア
南無三。
773. ランジュ
はいはーい！　今ログインしました！　マップデータ載せておきますので、ご来店お待ちしてまーす！
774. 名無しの職人
お？　おー！　行こ。
775. アナスタシア
やっぱりいましたか。行きましょう。
776. エルツ
なるほど。何に使うんだと思ってた扉の性別制限……確かにありか。

777. アナスタシア
　お店広めておいても構いませんか？
778. ランジュ
　そりゃもう是非とも！
779. アナスタシア
　では個人板の方で言っておきますね。結構女性陣いるらしいので。
780. ランジュ
　感謝！
781. 名無しの職人
　女性陣に詐欺パンツが広まってしまう！　これはいけない！
782. 名無しの職人
　何だお前、新人か？　あれも良いもんだぞ……。
783. 名無しの職人
　安心感からかガードが緩くなるもんな！
784. 名無しの職人
　なる……ほど……？　ふむ……。
785. 名無しの職人
　うわぁ、説得されやがった。

786. 名無しの職人
オープンが良いな！　な！

787. 運営
ダ　メ　で　す。

788. 名無しの職人
いえすまむ！

789. 名無しの職人
早かった。

790. 名無しの職人
たりめぇだよなぁ……。

791. 名無しの職人
オープンが許可されるわけねぇんだよなあ……。

792. 名無しの職人
オープンってなんです？

793. 名無しの職人
綺麗《きれい》なままでいてくれ。

794. 名無しの職人
うんうん。大きくなったら自然と知るよ……。

795. エルツ
下着トークは拗《こじ》れるから戻すぞ。性癖暴露大会になったら目も当てられないからな。
796. 名無しの職人
へーい。
797. 名無しの職人
おいーす。
798. 名無しの職人
なお、大概の場合こういうのは女子会の方がエグい。
799. 名無しの職人
ハハハハ！　知らぬが仏。
800. 名無しの職人
怖すぎワロタ。

02　クレス教　土曜日　９月第四

「お帰りなさいませ」

「なにか問題は？」

「特に報告はありません」

「分かりました」

お決まりのようにとりあえず聞きますが、冥府で発生する問題って何でしょうね。まあ、良いか。

まずはハウジング品の収穫。そうしたら蘇生薬《そせいやく》と属性金属の生産。料理の方はジャーキーの他に気分で何かを作ります。

その後一旦ログアウトして、朝食やらを済ませてから再びログイン。

さ、今日の行動開始です。ここからが本番。さっきのはテンプレ行動……つまりここ最近の日課です。金策とも言う。

メイン装備がお金使わないので、ハウジングにでもつぎ込むべきか。全自動連続式蒸留機でも買ってしまいますか？　蒸留水は勿論《もちろん》、ウィスキーなんかも作れますね。いや、えっと……最低でも

3年熟成？　ゲーム仕様でどこまで短くなるか……。

自分では飲めないので、本腰入れてやる気にはならないんですよね。仕込むだけ仕込んでおいて、後は放置できると考えればある意味ありですかね。

おっと、ウィスキーと言えばワインはどうなりましたかね。部屋に放置したワインの樽《たる》が……あれ？　やたら発酵が進んでいますね。原因はなんじゃろな？　まあ環境かスキルだと思いますが。侍女達が主人の物に無許可で触るとも思えませんし。

となると、まずチェックするのは料理掲示板ですね。

……原因はスキルでしたか。25で覚えた【短縮処理】が漬けや発酵、熟成などに影響があり……恐らくスキルレベル÷10倍っぽい……と。今私の《料理人》は34なので、約3倍で進むわけですね。とても優秀なアーツだ。

ということは、ジャーキーのチクタク時間もっと減らせますね。MPの節約になりますか。正直作るのは町中なので、言うほど問題はありませんが……。

この倍速具合……腐らせるかやり過ぎるが問題になってきますね。

［飲料］　追憶の蜂蜜酒　レア：Le　品質：A
追憶の水と軍隊魔戦蜂の蜂蜜で作られた、魔力をふんだんに含むお酒。
アルコール度数は低めだが、吸収がとても早く、酩酊《めいてい》しやすい。
少しの間、MPが徐々に回復する状態になる。

追加効果：運が5％上昇する。
効果時間：6時間
調理製作者：アナスタシア

またピーキーな物ができてしまいましたね……。MPリジェネレートはとても魅力的ですが、酩酊ですか。私とスケさんには関係なさそうなので、重宝しそうですね。スケさんは【魔化】が必要ですけど。

そして品質がA級。バフ効果が6時間になっていますね。バフ効果を選べましたが運しかありませんでした。というか、運は隠しステですね？　基礎ステータス評価にもいませんでしたし。効果は謎ですが、多分レアドロ。

ん？　単純にはちみつレモンでも作ればいいのでは？　追憶の水と軍隊魔戦蜂の蜂蜜を使用すれば良いんですよね。蜂蜜にレモン、そして塩。これを素として、水で薄めれば完成。

［飲料］　追憶のレモネード　レア：Le　品質：A
魔力をふんだんに含んだ素材で、人が吸収しやすい分量で作られた飲み物。
少しの間、MPが徐々に回復する状態になる。
状態異常：脱水を回復させる。
追加効果：運が5％上昇する。

効果時間：6時間
調理製作者：アナスタシア

ほっほう……経口補水液配合の効果ありましたか。というか、脱水症状が状態異常にあるんですね。掲示板では……結構早い段階で見つかっていると。

こちらもバフ効果を選べましたが、運一択。

最大の問題は、数値の書かれていないリジェネ効果が同等かどうか。とか思いましたけど、絶対同等なわけがありませんよね。片方デメリットありで、もう片方デメリットなしです。これで同等なら蜂蜜酒側がとても悲しいですが……嗜好品《しこうひん》という意味ではありなんですかね。

とりあえず、魔力を含んでいる食材なら魔力回復系になりえる？　ワインは主原料であるブドウが魔力なし。水だけ追憶に変えて回復するか怪しいですね。

蜂蜜酒は大きな容れ物で、仕込みだけしておきます。放っておけばできるので楽といえば楽ですが、レモネードより時間が必要なのは確か。顧客の狙い目はミードさん。

委託に流す主力商品としては、レモネードになりそうですね。まあ、売り物にする前にアイテムの検証しますけど。優秀なら軍隊魔戦蜂を増やすことも考えましょう。蜂蜜の採取量を増やすにはそれしかありません。

厨房《ちゅうぼう》へ移動し、全自動連続式蒸留機を150万で設置。ポットスチルと棚段塔が出現します。

うん、大きいですね。ガラスをセットすればポーション瓶も自動生成してくれます。

蒸留水だけで150万の元を取るのは結構かかるでしょうが、アルコール方面にも手を出せばマシにはなるはずです。リアルならまだしも、ゲームなら自作の方が安く、品質も上がるでしょうからね。

早速試運転。

出てきたUIに素材をセットします。中央辺りの注ぎ口に水。下の出口部分にガラス。下の燃料部分に魔石を置けるようですね。魔石はなくても可。魔石を入れておくと運転効率が良くなる……多分できるまでの時間短縮でしょう。

オートだと素材が入り次第自動的に精錬を開始。マニュアルだとボタンを押す必要があると。まあ、オートで良いでしょう。やはり魔動式だと稼働音が静かですね。強いて言うなら少し眩《まぶ》しい。

とりあえず【飲水《ウォーター》】と追憶の水で試してみましたが、生産キットで蒸留水を作るよりは品質が上昇。ただし追憶の水は蒸留をかけるとただの蒸留水に。魔力が飛びましたね。

悲しいことと言えば……西で汲《く》んだ品質Bの水を蒸留するより、追憶の品質Aを蒸留した方が、品質の高い蒸留水ができること。不純物（魔力含む）を取り除く。荒業にもほどがある。ただ、冥府の不死者は間違いなく、現段階だとこれが最高効率でしょう。師匠やソフィーさんに話したら間違いなく呆《あき》れられるはずです。

せっかく厨房に来たので、腸詰めなんかも作っておきましょうか。

庭師が回収しておいてくれた蜂蜜も蜂蜜酒として仕込み、レモネードにする用の素も作っておきます。

あれ、レモネード毎回バフが選べますね……全部に付くのですが？　品質A級はバフ確定ですかね。そして《料理人》の【マジカルセレクト】で選べると。そう考えると素材の品質を上げる価値はありそう。

ワインは……ブドウを買ってこないとですし、樽も作ってもらった1個しかないので今は不要でしょう。とりあえずダンテルさんが試飲したいとか言ってた気がするので、ログインしたら持っていってみましょう。

味噌《みそ》はむしろキットに戻して、時間を止めておきましょう。これ以上発酵されても困りますからね。いや、魔法の調味料セットがあるのでむしろ売りますか。料理人さんが有効活用してくれるでしょうからね。

さ……て、良い時間になりましたし、生産は終わりにしましょうか。始まりの町へ飛び、商業組合で委託に流してから、ダンテルさんのお店へ向かいます。

「ごきげんよう」

「いらっしゃいませ」

店員さんに名前を伝えてダンテルさんを呼んでもらいます。

「おっす、どうした？」

「仕込んでいたワインの試飲を……と思いまして」

「お、ついにか」

早速保存樽から注いで飲んでもらいます。

「どれどれ…………うん、ワインになってるな。味を求めるならもっと寝かせたいところか？」

「作ってみたかっただけですからね。味の追求はワイン好きがやってくれるでしょう。そう言えば全自動連続式蒸留機買いました」

「あれか……。あれも良い値段するよな」

「150万でしたね。蒸留水と料理用のブランデーなどを考えるとあっても良いかな……と」

「確かサルーテが重宝してたぞ。全自動が楽だとか」

「瓶詰め作業ですよね」

蒸留水作るより、ポーション瓶にできた蒸留水を詰める作業が面倒という。あのハウジング施設は水を入れれば蒸留して、瓶詰めまでしてくれますからね。蒸留水入りのポーション瓶として、大量に持っているでしょう。

「あ、そうそう。こんなアイテムもできましたよ」

「んー……？　ほう！　回復量は？」

「できたばかりなのでまだ未検証です」

「軍隊魔戦蜂か…………あれ、俺出てないな」

「ミツバチは？」

「蜂がいないわ」

「花畑ありましたっけ？」

「ないわ。解放条件それか」

「恐らくそうでしょうね。ミツバチが花畑。それに加え魔力濃度でしょうか」

なんだかんだで前提条件が必要だったりするんですよね。置く部屋よこせ。ないなら増築しろって選択肢もありますし。ガッツリお金持ってかれますけど。場合によっては土地買えとか言われるんですかね。

ミツバチ系なら蜜を集められる花が必須と。

「うーむ……まあ、うちには不要か」

「私は回復量によっては増やしますかね。魔力回復薬はきちょ……う？」

「なんだ？」

「そう言えば今外なるものでした。ポーション使えないんですかね？」

「ああ、なるほど。試す価値はあるんじゃないか？」

「あ、手持ちにポーションありませんね」

「使わないもん持ち歩かんか。ほら」

ダンテルさんからポーションを受け取り実験。そしたらなんと、使用可能でした！　とは言えリジェネ系も無駄にはならないので、検証は必要ですね。ポーションとは違う回復系統ですから。

受け取ったポーションの代わりに蜂蜜酒をプレゼント。レモネードよりお酒を選びますか。

「使えることは喜ばしいですが、ポーション用意しないといけませんね……」

「自分で作れるだろう？」

「必要な材料が少し多いですが可能ですね」

「多少多くても、多分安上がりだぞ。需要が沢山だからな」

「プレイヤー多いですからね……」

「おうよ。良いことだな！」

ＭＭＯの天敵は過疎ですからね。多いに越したことはありません。


《《無制限開放から一定の時間経過を確認しました。これよりクロニクルクエストが解放されます。詳しくはヘルプをご覧ください》》

「なんだと？」

「おやおや？　ヘルプが更新されましたね……長っ」

※クロニクルクエストとは
ワールドクエストとは発生条件が違いますが、間違いなく世界に影響を与えるであろうクエストが、クロニクルクエストになります。

簡単に言ってしまえばストーリークエストが近いでしょう。クロニクルクエストの場合、クエスト情報枠が豪華になります。

受けられるのは個人、または受注者からの招待。

発見さえできれば誰でも受注可能なクエストですが、『最高の結果』でクリアした場合のみ、ワールドへ適用されます。その際、公式サイトまたはゲーム内の『クロニクル』にプレイ動画が『自動的に』追加され、プレイヤー全員が見ることが可能です。

『最高の結果』でクリアされたクエストは再受注が不可能になります。逆に言えば『最高の結果』でクリアされない限り、何度でもリベンジが可能です。頑張って試行錯誤しましょう。

『クロニクル』には発見者と達成者の名前が記され、『最高の結果』だったプレイ動画が追加されます。有名人の仲間入りですね。

クロニクルクエストの内容、難易度はとても様々です。村、町、領地、はたまた国。影響範囲に大小あれど、世界に変化が現れるのは間違いありません。

討伐、生産、調査、はたまた種族、もしくは立場なども。受注条件、発生条件も様々です。お使いクエストからクロニクルへ……？

世界を見て回りましょう。

例1：討伐：○○を狙う○○の群れを討伐してくれ！

例2：生産：魔物に壊された○○を大至急修理しなければならない！

例3：調査：領主の不正の証拠を摑《つか》め！

例4：護衛：貴族の馬車が襲われている！

「なるほど、ストーリーが近いと」

「クロニクル……年代記ですか」

「所謂《いわゆる》攻略組はこれが目標になりそうだな？」

「でもこれ、確実に戦闘一辺倒では不可能そうですよね」

「無理だろうな。基本的には発見者がソロかＰＴでクリアしていくだろう。それでも無理なら掲示板に情報を出す……かもしれんな。発見者の名前も表示されるようだし」

「まあ、いろんな人にチャンスがありそうなのは良いことです」


〈契約違反の断罪を執行なさい〉

『違反者の断罪』
ミニマップに示された、女神との誓いを破りしものに断罪を与えろ。
発生条件：外なるもの
達成報酬：？？？

「お？　おおっ？　クロニクル……ではない……」

「なんだ？」

「種族クエストが唐突に始まりました」

「ほう？　進化じゃない種族クエストか」

「契約違反をしばき倒してこいと」

「ああ、うん。外なるものな……。アホやったプレイヤーか?」

「場所的に恐らくそうでしょう。この町にいるようですし」

クエストに開始ボタンがありますね。これを押すと……なるほど、対象者の場所へ転移できるようです。終わり次第元の場所に戻されると。

「では行ってきますね」

「見てみたい気もするが可能か?」

「可能か不可能かで言えば可能でしょうけど、私は転移させられるので……」

「なるほど、面倒だな。てらー」

ダンテルさんに見送られ、断罪クエストを開始します。

演出どうなるんですかね。


〈断罪を開始します。限定的にステータス制限が解除されます〉


えっフルパフォーマンスを発揮すると? フレーバーテキスト的にはかなりぶっ飛んでいるはずですが。

とりあえず正面の空間に出現した黒い楕円形《だえんけい》を通過しましょうか。これ転移ポータルでしょうし。

「「えっ?」」

ポータルを出ると人間男のプレイヤーが2人いましたが、マーカー付きは1人だけです。装備的に三陣でしょう。恐らく掲示板で外なるもの関連でも見て興味本位か。でもそんなの関係なし。私の標的は首輪付きのみ！

「ごきげんよう！　そして貴公の人間性も限界と見える……」

「ええっ⁉　あーっ！」

挨拶からの触手バインドからのアサメイで串刺し。当然貫いたのは心臓。強制クリティカルと貫通による継続ダメージで即死です。

死んだことによりバインドが解除され、うつ伏せで床ペロ中。

「ちょちょちょなんでなんで⁉」

……そう言えば見かけた外なるものは……追い打ち上等でしたね。普段プレイヤーなら絶対にできない行動なのですが、今の状態ならできるのでしょうか。

「お喋《しゃべ》りな遺体ですね」

「ぐえーっ！」

「『まさかの死体蹴り』」

上からアサメイが突き刺さったので、このクエスト中は扱いがだいぶ違うようですね。

グリッとしたらポリゴンになって消えました。

「冥府募金毎度ありがとうございます」

ご本人もういませんけど。

〈よくやりました〉

お褒めの言葉を頂いてクエストが終わりました。うん、まあ……いいか。

「ま、町中は安全地帯じゃ……？」

「うん？　掲示板で外なるものの情報を見たのでは？」

「でもプレイヤーじゃ……？」

「なるほど。プレイヤーですが外なるものなので、断罪時は関係ないようですよ」

対象が三陣だったため、いまいち制限解除状態が不明でしたね。しかし、他の外なるもの達も制限が解除されていると仮定すると、絶対に勝てませんね？

帰りますか。ＵＩから帰還を押すとダンテルさんのお店に帰ってきました。

「終わったのか？」

「ええ、格好からして三陣でしたね」

帰ってきましたがダンテルさんへの用は済んだので、撤退します。

さて、次はどうしましょうか。

クロニクルを探して探索も良いですし、いつも通りスキル上げに狩り行くのも良いですし、東以外の王都を目指すのも良いですね。

「あ、いました！　アナスタシア様！」

「おや、教会の。どうしました？」

「お時間がある時に教会へお越しくださいとルシアンナ様が」

「では今から行きましょうか。用事も済んだところなので」

探しに来たシスターと教会へ向かいます。

一般開放されている教会……部屋的には一番大きな礼拝堂ですね。基本的に教会と言えば礼拝堂です。お祈りをするところ。それ以外の部屋は聖職者以外用はないでしょう。というか、よくある関係者以外立ち入り禁止だと思います。

まあ、基本的に部外者は正面玄関的な意味でも、礼拝堂から入ります。

「あ、ルシアンナ様。来てくださいましたよ」

「捕まえられたのですね、ご苦労さま。突然お呼びして申し訳ありません」

最初はシスターに、続いて私にですね。

「構いませんが、どうかしましたか？」

「アナスタシアさんに……いえ、ネメセイア様に教会本部よりお手紙です」

おや、ついに来ましたか。ネメセイアに対するコンタクトが。差出人はクレス教の教皇、ジャスミン・フォースターと書かれていますね。そう言えば、名前知りませんでした。

教会本部はネアレンス王国の王都にありましたね。まあ、手紙を見ましょう。ペーパーナイフなんかないので、アサメイでスッパリやりまして。

「………ふむ」

「本部はなんと……？」

私に渡す前に手紙をチェックするわけにもいかないでしょうが、ルシアンナさんも内容は知らないんですかね？　内容的に見せても問題はないので、手紙を渡してしまいましょう。

ちなみに物凄いかたっ苦しい挨拶から始まってました。立場を考えるとまあ、こうなるか……って感じでしたね。

「なるほど……つまり、品質に応じた金額を払うので、各主要都市にある教会にクリスタルロータスとホーリープニカを納品して欲しいと」

「そうなりますね。ここだけじゃなくて、他にも欲しいということでしょう」

「私としては本部の気持ちがよく分かりますが……それなりの数になりますし、可能ですか？」

「可能か不可能かで言えば……可能でしょうけど、配達がかなり面倒ですね」

各町に1個教会があるとして、配達がかなり面倒ですよ。それだけで数時間取られそうですから、正直避けたいところですが……おや……クエスト発生しましたね。

『冥府の異人達へ通達』
常夜の城にいる宰相に、教会からの願いを伝えよう。
宰相から異人の冥府到達者へ通達される。
発生条件：冥府到達者

詳細に宰相と面会するための手順みたいなクエスト案内がありますが、全てぶっ飛ばして宰相に伝えろになってますね。

まあ、王家ならこんな手順は不要だからでしょう。

「他の異人達を巻き込みましょうか。少々待ってもらえますか？　宰相に伝えてきますので。報酬は配達した異人に渡してもらえればそれで良いでしょう」

1人なら面倒ですが、冥府に到達してる他のプレイヤーを巻き込めるなら問題ないでしょう。

「ではそのようにお伝えしておきます」

「ああ、教会本部でしたね。直接話しても良いのですが……教会のトップは教皇ですか？　さすがに予定が詰まってそうですよね……」

「はい、教皇ですね。ジャスミン・フォースター様になります。発言力は大国の王と同等レベルはあります」

大国の王と同等レベルの教皇ですか。

理由を聞いたところ、宗教が1個……クレス教というらしいです。それしかないようなので、無視するには信者が多い……というか、多分王本人もそうでしょうね。

信仰対象は4柱。クレアール様、ステルーラ様、ハーヴェンシス様、シグルドリーヴァ様。聖職者達の服装から分かる通り、全員でも1柱でも、誰を信仰するかは自由であり、他者の信仰も認めろという方針らしいですよ。

つまり宗教の組織自体はクレス教1個だけど、同じクレス教の聖職者でも信仰対象が違う場合がある。大司教であるルシアンナさんは神々を信仰していますが、特に誰が……というのはありませんからね。

聖職者の見分け方は至って簡単。修道服の布の色と刺繍《ししゅう》の色です。布の色が信仰する神を、刺繍の色が聖職者としての身分ですね。

問題は聖職者ではない一般の人達ですが、大体はハーヴェンシス様。冒険者や騎士はシグルドリーヴァ様。職人はクレアール様。商人はステルーラ様が多いとか。

「冒険者や騎士、職人はよく分かりますが……商人がステルーラ様なのと、大体がハーヴェンシス様というのは？」

「商人達は契約を守れ、大事にしろということですね。大体がハーヴェンシス様なのは豊饒《ほうじょう》の女神でもあるからです。やはり慈愛と成長、自然と休息は人気ですね。農家は特に。属性も水と土ですから」

商人達はステルーラ様の契約と断罪の顔を信仰しているわけですか。確かに、商人といえば信用商売ですからね。

ハーヴェンシス様は主に慈愛の女神と言われていますが、属性や自然の部分を見ると豊饒の女神でもあるわけですか。

「それに、人は作物がなければ生きていけませんから」

「なるほど、切実ですね。豊作祈願のハーヴェンシス様ですか」

「収穫祭などはハーヴェンシス様にお祈りしますよ」

基本的に祈りは『神々』と特に決めずにお祈りするらしいですが、やはり何かと理由をつけて特に誰々に……とかしているようですね。

収穫祭など作物関連はハーヴェンシス様に。戦い前など戦闘関連はシグルドリーヴァ様に。新年祭など誕生日はステルーラ様に。そして全ての始まりであるクレアール様は日頃から。

「ステルーラ様は……時空と運命の顔ですね？」

「そうです。死者に対する祈りもステルーラ様です」

「輪廻《りんね》の女神ですね」

それぞれの顔……まあ権能とも言うのですが、合うと思う神に祈れば良いわけです。

「実は神託で祈れと言われているわけではありませんし、神事をしろとも言われていません。我々が勝手にしていることですが、特に怒られてはいません」

教会の始まりは神託を受けた者の保護と、その神託を広める集まりが元だとか。神子《みこ》を守るには武力が必要で、聖騎士の誕生。広めるには協力者が必要で、信者を増やす。そして国家に潰されないためにはある程度の権力も必要になる。聖騎士という武力だけではダメだから。更に人が増えれば纏《まと》め役がいなければならない。あーだこうだと試行錯誤した結果が、今の世界的宗教、クレス教。

「過去に信仰の押し付け合い……宗教戦争をした結果、神託が2世代途絶えたらしいですね」

「なるほど、神々の怒りはそこに出るわけですか。ところで、神託とはどのような内容で？」

「基本的には災害に関することでしょうか？　確実ではありませんが、旱魃《かんばつ》や飢饉《ききん》、疫病などを事前に」

「それは……とても助かりますね」

「ええ、本当に。事前に分かれば対処が可能ですからね。それらを伝えるのが我々の役目。その後どうするかは国の役目です」

　クレス教は政治に口を出さない。主な役割は愛し子を魔物や犯罪から保護し、神託が来たらそれを偽りなく各地へ伝え、愛し子の代わりに愚かな権力者をあしらう。神々への祈りの場である、礼拝堂などの管理もメイン。孤児の保護やスラムへの炊き出しもするようです。更に各地での祭典など多岐に渡り、中々忙しいですね？

　ルシアンナさんと礼拝堂の椅子に座って、教会に関して教えてもらいました。教皇の発言力から脱線しましたが、そろそろクエストも進めなければ。とりあえず宰相と話してからですね。

「では、まずは宰相と話してきますね」

「はい、よろしくお願いします」

　まずはマイハウスのある離宮へ転移しましょう。

　マイハウスに設置してあるミニ立像から、宰相のいるお城へ向かいます。

　移動中会った者に宰相の居場所を聞き、そこへ突撃。

「宰相ー」

「なんですかな？」

「教会からロータスとプニカを……読んでください」

「……ふむ。我々は動けませんが、異人達なら可能でしょう。通達すればよろしいですかな？」

「ええ、それでお願いします」

「ではそのように」

宰相と少し話しまして、ルシアンナさんへ伝えることを決めておきますよ。その間に宰相が何やらサラサラと書いていた物を、別の人を呼んで渡していました。

宰相と話を済ませたら地上へ。勿論出るのは転移前の礼拝堂です。

「お帰りなさい」

「戻りました。宰相と話してきましたが……」

内容としては、冥府に到達した異人達に指示を出し、持っていかせる。料金は持ってきた者に直接渡してもらえば良い。ただ、異人達がどこに持っていくかは不明なため、届かない場所もあるかもしれない。

教会からのお願いは品質がC以上であることなので、問題はありません。

「では本部に連絡して全教会へ通達してもらいます」

「お願いしますね」

私が冥府へ行っている間に用意された手紙にサラサラと用件を書き、誰かに渡す……と思いきや。

「【天を翔けゆけ《コントレール》】」

「おぉ？　おー……」

「この魔法、知りませんでしたか？」

「初めて見ました」

手紙が鳥っぽくなり、物理的に羽ばたいていきました。実にファンタジー。

そして教えてもらいました。分類的には生活魔法になるようですが、使える人はそんな多くないらしいですね。飛行速度はかなり速いらしいですが、天候注意だとか。これを使えるとお小遣い稼ぎができるようですよ。まあ、私が使うことは恐らくないでしょう。自分が転移すればいい話です。

教えてもらったり話したりしていると、手紙が飛んできました。驚きの早さ。

「金額はこれで問題ありませんか？」

納品報酬である品質別の金額と、協会が王族や貴族へ貸し出す際の金額、そして貸し出した際のお金の使い道が表記されています。主に孤児院や炊き出しに使用すると。

これ、良いお小遣い稼ぎになりますね。というか、この辺りは住人のＡＩに任せるしかないでしょう。ぶっちゃけクエストで、決まってるのでしょう？

結構いい買い取り額していますが、貸し出す金額を見る限りプラスにはなるでしょう。……聖職者も人類である以上、お金は必要である。

「レア度を考えると安い気もしますが、今後を考えるとこのぐらいでしょう」

「冥府には沢山咲いていますからね。継続取引ですし、構いませんよ」

再びサラサラと手紙が書かれ飛び立っていきましたが、また少し話していると手紙が帰ってきます。王都ネアレンス、結構距離があるはずなんですけどね？　まあ、ゲーム的に待たされるよりは良いですけど。

「各教会に指示を出すとのことです。こちら契約書になります」

「では少々冥府へ行ってきますね」

転移して宰相のところへ行き、契約書をチェックしてもらいます。1人で見るより確実でしょう。

それからサインをしておきます。

「ではこちらでも通達しておきますぞ？」

「ええ、頼みます」

『教会からのお願い』
教会に冥府で採れるクリスタルロータスとホーリープニカの納品。
品質は最低C以上であること。
自分で採取するか、常夜の城へ行きアイテムを受け取ろう。
発生条件：冥府到達者
成功報酬：納品品質によって変動
永続クロニクルクエスト

おぉ！　枠が豪華なクエストがはっせ……いえ、達成しました。永続クロニクルクエストですか。お、クロニクル一番乗りー。定期便みたいなものなので、永続系なのでしょう。

それはそうと、ヘルプには書いてなかった種族クエストかつ、納品クエストもクロニクルにあるようですね。あれ、動画がある。クリアしてませんが何が動画に？

実際に見るのが早いということで、離宮に戻ってからチェックします。……なるほど、ルシアンナさんからクエスト発生の今までが動画になっているんですか。これ間に別の行動してたらカットされるのでしょうか。油断なりませんね……。

ＵＩは枠だけ、音声はあり、目線はあり、一人称が左下……動画系のテンプレ設定と同じですね。

お？　別のクロニクルもクリアされましたね。私と同じように、クロニクル発生寸前まで行っていたのでしょう。

さて、レベル上げとキャパシティ増やしでも行きましょうかね。飲み物系の検証をしなければ。良さそうなら委託行きで。

■公式掲示板2

【101匹】総合攻略スレ　101【わんわん】

1. 通りすがりの攻略者
　ここは総合攻略スレです。
　攻略に関する事を書き込みましょう。
　前スレ：http://＊＊＊＊＊＊＊＊＊
　>>940　次スレお願いします。

222. 通りすがりの攻略者
　ふぅむ……クロニクルがかなり多いな……。

223. 通りすがりの攻略者
　ただのお使いっぽいのもクロニクルだったりでビビる。

224. 通りすがりの攻略者
　だよな。まあ多いのは良いことだが。

225. 通りすがりの攻略者
それなりにクリアされてるな。
226. 通りすがりの攻略者
かなり特殊そうなのが姫様の教会冥府関係か？
227. 通りすがりの攻略者
ありゃ特殊過ぎるわ。でも俺らも内容分かるのはありがたい。
228. 通りすがりの攻略者
これ見てるだけでも楽しいよな。問題は時間泥棒。
229. 通りすがりの攻略者
分かる。１日何本か決めて追ってく感じにしないとやばみ。
230. 通りすがりの攻略者
貴族関係ちょっと期待してるんだけど、まだなさげ？
231. 通りすがりの攻略者
まだなさそう。
232. 通りすがりの攻略者
道で夫人とか令嬢の乗ってる馬車が襲われてるとかさぁ！
233. 通りすがりの攻略者
王道な。

234. 通りすがりの攻略者
あるとすれば突発クロニクルになるんか。運ゲー。
235. 通りすがりの攻略者
それ以外は繋《つな》がりが必要だろうし、まだ辛くね。
236. 通りすがりの攻略者
戦闘一辺倒マンは住人とのコネが無いため、クロニクルが発見し辛い悲しみ。
237. 通りすがりの攻略者
そりゃ、交流してないと頼まれんわな……っていう。
238. 通りすがりの攻略者
やめろ！　その言葉は俺に効く！
239. 通りすがりの攻略者
俺にも効く。
240. 通りすがりの攻略者
悲しい話は置いといて、南の新情報は？
241. 通りすがりの攻略者
とりあえず、始まりの町がある大陸よりはファンタジーしてるな。
242. 通りすがりの攻略者
あのＳＳ見ると、ぶっちゃけ北の大陸はチュートリアル感ある。

243. 通りすがりの攻略者
分からんでもない。
244. 通りすがりの攻略者
マシンナリーはさっさと南行った方が良さそうよな。
245. 通りすがりの攻略者
そうなんか？
246. 通りすがりの攻略者
機甲種系が出るダンジョンがあるらしく、なんかパーツ落とすらしいぞ？
247. 通りすがりの攻略者
素材にでもなるん？
248. 通りすがりの攻略者
運がいいと強化パーツ的な物が手に入るらしい。
249. 通りすがりの攻略者
マジで⁉
250. 通りすがりの攻略者
住人のマシンナリー冒険者から聞いた話だ。ＥＰ増幅パーツとかあるらしいで。
251. 通りすがりの攻略者
マジかよほすぃ……行かねば……！

252. 通りすがりの攻略者
　行かねば！
253. 通りすがりの攻略者
　レアドロ狙いが始まるのか。
254. 通りすがりの攻略者
　ついにハムスターになる時が来たな？
255. 通りすがりの攻略者
　ハムハムしようぜ。
256. 通りすがりの攻略者
　なんでハムスターなんだ……？
257. 通りすがりの攻略者
　レアドロ求めてひたすらダンジョン回したりするのを、ハムスターホイールにな。
258. 通りすがりの攻略者
　フィールドやダンジョンが回し車か。
259. 通りすがりの攻略者
　つまり俺達がハムちゃんズ。
260. 通りすがりの攻略者
　俺が……！

261.通りすがりの攻略者
　俺達が……！
262.通りすがりの攻略者
　ハムちゃんズで良いのか？　お前ら。
263.通りすがりの攻略者
　大好きなのはー？
264.通りすがりの攻略者
　暴力！
265.通りすがりの攻略者
　金！
266.通りすがりの攻略者
　女！
267.通りすがりの攻略者
　最低なんだよなあ……。
268.モヒカン
　ヒャハハハ！　汚物は消毒だぁ！
269.通りすがりの攻略者
　お前もそっち側だろがぁ！

270. 通りすがりの攻略者
これはひどい。
271. 通りすがりの攻略者
マシンナリーと言えば、背中にバーニア付いてるの見たな。
272. 通りすがりの攻略者
は？　マジで？　飛べんの？
273. 通りすがりの攻略者
飛んでるのは見てないが、住人だったたな。待ってくれ、ＳＳ撮ったはずだ。
274. 通りすがりの攻略者
はよ。
275. 通りすがりの攻略者
はよう！
276. 通りすがりの攻略者
これだこれ。後こんなのも。
277. 通りすがりの攻略者
おー……確かに飛べそうだ！
278. 通りすがりの攻略者
これ、三連装砲では……？

279. 通りすがりの攻略者
夢広がるー！

280. 通りすがりの攻略者
この三連装砲、某ゲームを思い出しますね……。

281. 通りすがりの攻略者
分かる。とても分かるぞ。海上滑れそう。

282. 通りすがりの攻略者
あれ、仕様どうなんじゃろな。

283. 通りすがりの攻略者
弾薬どうするんですかね……。

284. 通りすがりの攻略者
バーニアも砲もＥＰじゃね？　エネルギー管理が本格的に始まりそ。

285. 通りすがりの攻略者
そういや、狩り物でもエネルギー弾っぽいの撃ってたな？

286. 通りすがりの攻略者
あー……姫様の相手がもろにそうだったっけ。

287. 通りすがりの攻略者
マシンナリー超楽しそうやん。

288. 通りすがりの攻略者
仕様チェックが待たれる。情報はよ。
289. 通りすがりの攻略者
まず南の帝国を開放しないとだけどな。
290. 通りすがりの攻略者
とっつきとかありますかね……。
291. 通りすがりの攻略者
パイルバンカーか。魔導銃があるんだからあるやろ。
292. 通りすがりの攻略者
俺魔導銃欲しいんだけど？
293. 通りすがりの攻略者
作れるようになるんかね？
294. 通りすがりの攻略者
機甲種からもげ。
295. 通りすがりの攻略者
わんちゃんその可能性もある。
296. 通りすがりの攻略者
もいだ場合、マシンナリーじゃないと使えないと思うんですよ。

297. 通りすがりの攻略者
ほら、そこはゲームだから。
298. 通りすがりの攻略者
あー、なぜか加工済みで手に入るぱてぃーん。
299. 通りすがりの攻略者
ゲームあるある。
300. 通りすがりの攻略者
ちっちちっちーおっ……。
301. 通りすがりの攻略者
どうせなら最後まで言え。
302. 通りすがりの攻略者
お前のせいでそこの脳内再生が止まらない。どうしてくれる。
303. 通りすがりの攻略者
ソイヤッ！
304. 通りすがりの攻略者
ソイヤッソイヤッ！
305. 通りすがりの攻略者
一瞬で脳内がむさ苦しくなった許されない。

306. 通りすがりの攻略者

わがままなあんちゃんだ。

03　日曜日

今日中に《縄》を２次スキルにしたいところですね。パッシブ系は勝手に上がるはずなので狙ってやらなくても良いでしょう。

寝ている間にもクロニクルがクリアされていますね。釣り道具の改良……？　住人のお店にルアーが並ぶようになったと。そういうタイプもあるんですか。案外こういうほそぼそとしたものが多そうですね。《料理》系統もありそうですが……料理人に任せますか。

「お帰りなさいませ」

「問題はありますか？」

「問題はありませんが、連絡がございます。まず宰相がお呼びでした。そして異人達が納品用に、ロータスとプニカを持ち出しました」

クエストのクロニクルの項目を確認すると、何ヵ所かに納品されていますね。全体で見るとまだまだですが、正直進出がまだまだなのでこんなものでしょう。現状で王都まで行っている人がどのぐらいいるか……。納品済みかどうかは専用マップで一目で分かるため、便利ですね。

ネアレンスの王都に持っていきましょうか。つまり教会本部。見てみたいですし、軽く顔を出しておきましょう。

「では私も挨拶ついでに教会本部へ持っていくので、用意を」

「畏《かしこ》まりました」

待ってる間に、不死者の種族掲示板を見てみましょうか。クロニクルで検索です。

んー……ふむ。自分で採取しなくても、お城のメイドさんに言えば高品質を用意してくれる。ただし、その場合イベントアイテムにされていて納品しかできないと。自分で採取したものは生産にも納品にも使える、通常の素材アイテムっぽい……ですか。

お、来ましたが……私のは相変わらずイベントアイテムではありませんね。あの言い方なら納品用だと分かっているはず。ということは、ここでも立場の違いが関係あるんでしょうね。それ以外に思い浮かびませんし。

そしたら侍女に見送られ、離宮から常夜の城の宰相の元へ向かいます。

「宰相ー、呼びましたか？」

「おぉ、サイアー。祭りに関しては伝えましたかな？」

「はて？　聞いてませんね」

「王家の名の由来でもあるネメセイア。簡単に言ってしまえば鎮魂や冥府の活性化、迷える魂の導き、そして我々不死者のための祭りですな。昔から歌があるのです」

「歌ですか」

「祭りといえば歌でしょう。ということで、これ覚えてくだされ」

〈音楽が追加されました。リスニングとカラオケモードが使用可能です〉

カラオケモード……練習しろとな？

これ、音楽系のスキルを取得した時に追加されるＵＩですかね。

「せっかく覚えているのですから、サイアーは古代神語で頼みますぞ」

「……正気ですか？」

「ハハハハ！」

追加された曲を見ると、古代神語モードと現代語モードが選択可能でした。古代神語は架空言語なので、発音がですね……。まあ、覚える必要がある分、こちらの方が効果は高いのでしょう。

問題は……古代神語って状況によって変わるんですよね。普段使用しているのは魔術用です。魔法を使うためだけなので、歌ではまた別になります。

生産中などで作業用として聞いてましょうか。どうやらリアルで12月。冬至？

「これは冥府へとやってきた他の異人達にも知らせますぞ」

うっかり忘れていたようですよ。間違いなく歳ですね。

「……なんですかな？」

「いえ？　用はそれだけですか？」

それだけらしいので離宮へ戻り、日課である《古今無双》の型稽古をしてから一旦ログアウト。

朝食やらを済ませてから再びログインです。

そして東のネアレンス王国、王都へと飛びます。

始まりの町の教会は屋敷サイズですが、こちらの教会はお城サイズ。本部とは言え大き過ぎる気もしますが……リアルの神殿を考えるとそうでもないんですかね。パルテノン神殿とか相当な大きさですし？

まあ、行きましょうか。勿論《もちろん》正面から堂々と向かいますよ。……エフェクト出した状態で。

構造は大体共通なのでしょうか？　いや、どう考えてもそうなりますか。立像の置かれているお祈りする場所、この世界では礼拝堂ですね。リアルで考えると……聖堂でしょうか？　立像を聖遺物と言って良いかはあれですが、『力』を持っているのは確かですね。

4柱の立像がでであんと置かれており、長椅子が沢山置かれている……『お祈りする場所』と言われてイメージしやすいタイプの大きな空間です。

この礼拝堂が一般開放されているので、必然的に教会といえばまずこの空間になるわけです。この建物最大の存在意義であり、玄関口です。教会の運営に関するあれこれは神々には関係ありません。なので基本的に奥の方になりますね。運営資金だ人事だは人の都合ですから。

クレス教は神様第一集団ですから、立像に続いて礼拝堂が力の入る部分です。どこの教会もまず正面玄関が礼拝堂なんですよね。

何が言いたいかというと、『教会』に用がある場合は全員がまず礼拝堂に行くんです。お祈りが目的だろうが、組織に用があってもです。

つまり、かなりの人数が時間を問わず礼拝堂にいるわけで。当然、そんなところになんか球体がウニョンウニョンしてる私が行くと、とてつもなく目立つわけですよ。服装の色合いもクレス教的にあれですからね。とは言えデザインがだいぶ違いますが。

まあ、面倒なので手っ取り早く行くつもりです。方法はね、こうするんですよ。

「ごきげんよう、ネメセイアです。お届け物ですよ」

そう、挨拶です。比喩じゃありませんよ？　ただの挨拶です。そしてその効果は抜群です。

一般の人達はともかく、全員に通達がいっていたのでしょう。修道服を着た教会関係者は全員がビシッとしました。一般の方と座って話していた人もガタッと立ち上がりましたね。

教会の関係者は全員が視線を巡らせた結果、1人に集まっています。なぜかって、確実に今この空間にいる中で立場が上なのでしょう。私の対応役決定です。本人もそれを察したのか、少々笑顔が引き攣《つ》っていますよ。お気の毒に。

まあ、私が元凶ですけど。

ローブに刺繍《ししゅう》ありの時点で役職持ち。そしてローブも刺繍も緑系ですか。

「どちらも緑……女神ハーヴェンシス信仰の司祭ですね」

「え、ええ。まさかネメセイア様が直々にいらっしゃるとは……」

「1度ぐらいはご挨拶を……と思いまして。会いに来いと言っても物理的に不可能ですし、死なれても困りますから」

本来なら王家が軽々しく直々に……とかなりそうですが、そうするしかありませんからね。では会いに行きますね！　とか言って霊体で来られたらドン引きですよ。

ネメセイアという死後の世界の王族が会いに来いって、一般的には死ねと同義でしょう。

お届け物が来た場合の指示は受けていたようなので、物は引き渡しておきます。問題は『私』ですね。

正直、1回ぐらい姿を見せておくか……ぐらいのノリで来ましたので、逆にもてなされても居心地悪いですね。しかしさっさと帰ろうにも、1人が奥に入っていくの見てしまいましたし。

とりあえず、せっかく来たのでお祈りして待っていると、後ろがガヤガヤしてきました。

視野的に後ろを見る必要がないので、お祈りポーズのまま確認すると……女の子に聖騎士ですね。

神子《みこ》様……という声が聞こえますね。あれ？　本来住人でも自己紹介や紹介されないと分からないはずの情報が見れます。となると、ステルーラ様が教えてくれたわけですかね。

ハンナ・アディンセル　15歳
　ステルーラの加護
　盲目の神子

「おや、ようこそ。ハンナ様」

「こんにちは、プリースト・アルネ。同じ加護持ちが来ていると、ステルーラ様から言われて急い

で来たのですが……とても明るい……」

おや、私に会いに来たようですね。それにしても明るいですか？　おやおや？

「ステルーラ様の加護持ちでしたら私のことですね。ごきげんよう、ハンナ・アディンセルさん。私の名前は聞いていますか？」

「いえ、教会にいるとだけ……」

……ステルーラ様結構おちゃめですか？　それとも神々的にはあまり重要ではない？　判断に困りますね。

「アナスタシア・アトロポス・ネメセイアです。よろしくお願いしますね」

「え？　ネメセイ……え？」

「異人で、外なるもので、ネメセイアです。加護持ちなので神子でもありますね」

「？？？」

こう言うと、私中々あれですね。

ちなみに外なるものも、不死者もイコールで加護持ちとは限りません。

「よ、よろしくお願いします」

「基本的には異人なので、そう畏まらないでください。……私個人ならともかく、売られた喧嘩《けんか》は立場的に買わないといけませんが」

私個人ならスルーすればいいですが、立場関係で喧嘩売られると黙っている方が問題ですからね。

具体的には、異人ならまあスルーで良いでしょう。ネメセイアと外なるもの関係だとアウトですね。

とは言え、ネメセイアと外なるものという存在に喧嘩を売る住人はいない……はずです。今まで集めた情報的にいないでしょう。いないですよね？

「ところで、動きに迷いがありませんね」

「ステルーラ様に加護を戴いてから、枠組みが見えるのです」

おっと、《空間認識能力拡張》でしょうか？

確認した感じ、《空間認識能力拡張》の劣化版……ですね。目と同じ範囲の、正面の枠組みが見えているようです。扇状なので、今の私より距離は長そうですね。

「とても明るい……というのは？」

「それはその……」

言いづらそうなので何かと思いましたが、こっそり教えてくれました。内緒話。

「……経験上、良い人は明るく、嫌な人は暗く見えるんです」

「ん……その色って、魂が見えているのでは？」

「魂……ですか？」

「基本的には灰色で、そうですね……子供は比較的白いと思うのですが」

「確かにそうです」

大きくなるにつれて、魂の色は黒くなっていく。なぜなら子供のうちに悪さしたり、嘘《うそ》をついたりして、大体魂は白よりの灰色で落ち着く。

私と答え合わせをしたところ、魂を見ているで合ってそうです。つまりこの盲目の神子は、《幽明眼》と《空間認識能力拡張》の複合劣化版な能力を持っているようですね。

自分の魂の色は見えませんでしたが、ステルーラ様の加護を持っているだけあって、私もハンナさんもかなり白い……と。

初めて見るレベルの白さだったため、つい声に出してしまったようで。本来相手を色で判断できることは極一部の者しか知らないようです。

内緒話を終え、普通に話すとしましょう。せっかくなので、神子について少しだけ情報でも仕入れておきましょうか。

「神託が云々《うんぬん》というのは聞きましたが、普段神子は何をしているのですか？」

「んー……人によるでしょうか？　特別なことはしていませんよ。教会が護衛などを付けてくれるだけで、聖職者というわけでもないですから」

基本的に神子は二択だそうです。今までの生活を続ける者と、教会に住まいを移す者ですね。成人していれば自分の意志。してなければ家族側にもよるそうです。

共通して教会から聖騎士の護衛やお世話係が付くようですね。

シグルドリーヴァ様の神子は、今までの生活を続ける者が多い。なぜなら冒険者や騎士……戦いを生業《なりわい》とする者に多いから。

ハーヴェンシス様やステルーラ様の神子は、教会に移る者が多い。特にステルーラ様の神子は神託を受ける可能性がとても高いので、大体移ることになる。

「私のように村娘から突然人を使う側になり、権力を持ち、生活がガラッと変わることもあります」

「神子の発言力は？」

「相当です。歴代の神子達が築いた信用ですね……」

「それ……いや、そう言えば祝福は呪いに反転するとか、さらっと言われた気がしますね……」

「はい。神子として得た力は、神子でなければ失うでしょう。神子でなくなった時、周囲がどうなるかで自らの行いを知るのでしょう。これを呪いとは言いませんが」

「それは自業自得でしょう」

まあつまり、力があるうちに好き勝手すると、力がなくなった時にえらい目見るぞ……ということでしょう。だから日頃の行いに気をつけろと。

『と、教わりました』とこっそり付け加えられましたけど。教えた1人が隣にいるアルネ司祭のようですね。

「ご存知ですか？　神子とは加護を貰《もら》った人達を指しますが、誰から貰ったかで呼び方を変えることもあるんですよ」

「おや、そうなのですね？」

「シグルドリーヴァ様から加護を貰った人を戦人《せんじん》と呼び、ハーヴェンシス様は聖人や聖女です」

「我々は？」

「神子の始まりが私達、ステルーラ様の加護を貰った者達らしいので、特にないらしいですよ？　強いて言うなら正直者でしょうか」

ふふふふ、と……少し冗談めいて言われてしまいましたが、横にいるアルネ司祭によると事実らしいですね。

「元々『神子』とは『神託を受ける者』を指していました。神託を受けるのは基本的にステルーラ様の加護やら祝福持ちだったため、イコールだったようですね」

「今の『神子』は、昔より範囲が広いと？」

「そうなります。範囲が広くなったことで、自然と他の呼び方も増えたわけですが、今でも神子の代表はステルーラ様の加護持ちですね」

『神子』というワードが出た場合、『神々から加護を貰った人』を指すのが基本。違う場合は『ステルーラ様から加護を貰った人』ですね。

『戦人』や『聖人、聖女』のワードが出た場合、『神々から加護を貰った人』の中でも、『シグルドリーヴァ様、またはハーヴェンシス様から貰った人』を指すと。

「加護には3段階あります。祝福、加護、慈愛ですね。基本的に祝福でも貰えることは稀《まれ》ですが、中には加護や慈愛まで行く方がいます。特にステルーラ様の場合は稀ですね」

「そうらしいですね？」

「そうみたいですね……」

「ステルーラ様の加護まで行く方々は、皆さんそうらしいですよ。本人達に自覚はないらしいですね。いかに自分達が難しいことをしているのか……。ですが、是非そのままでいてください。それで良いのですから」

代々、ステルーラ様の神子は大体大人で解消されるとか。大きくなるにつれて魂が黒くなるからでしょうね。いつまでも純粋ではいられない……と。

アルネ司祭とハンナさんと話していると、礼拝堂の奥からぞろぞろと来て、それを見た人達がざわめき始めました。

中央にいるそこそこ豪華な格好をした、30代ぐらいの女性がこちらへやってきます。

見えた瞬間にアルネ司祭が教えてくれましたが、トップが来たようですね。

「ネメセイア陛下、ご足労頂き感謝いたします。私がジャスミン・フォースターです」

「アナスタシア・アトロポス・ネメセイアです。まだまだ外なるものとしては新参者ですが、継続して幽世《かくりよ》の支配者です。それ以前に異人ですが、よろしくお願いしますね」

扱いにとても困るでしょうが、よろしくお願いしますね！

ということで、ハンナさんも一緒に少しお話。

「ルシアンナは元気にやっていますか？」

「元気ですよ。最近はソフィーさんと話してるのを見ますね」

「ソフィー……ソルシエールですね。２人にはお世話になりましたから……」

今の教皇は30代ぐらいの人間……つまり2人よりは若いので、上司みたいなものだったようですね。むしろ背中を押したのがルシアンナさんらしいので、頭が上がらないとか。

ソフィーさんは教会からすると部外者ですが、力は確かなのでお世話になったのは間違いないと。

ちなみにルシアンナさん。大司教は大司教でも、総大司教だそうですよ。大司教を纏《まと》める人ですね。上から数えた方が早い聖職者。教皇、枢機卿《すうききょう》、総大司教だそうです。

なぜそんな人が始まりの町に？　とか思いましたが、あそこ立地的には中心地でしたね。南は海を挟みますが。纏め役としては中央にいた方が都合がいいのでしょう。

「そう言えば、なんとお呼びすれば良いのでしょうか。ネメセイア陛下でよろしいのですか？」

「……そう言えばどうなのでしょう。冥府の者からはサイアーと呼ばれますが」

「サイアー……何かで見ましたね……あれは確か……」

聖騎士の１人に本を持ってくるように指示を出しましたね。

「教皇は呼び方はあるのですか？」

「聖下と呼ばれますね。もしくはポープ・フォースターでしょうか」

「ハンナさんは？」

「私は大体神子様と呼ばれます。ステルーラ様の神子は他にいなかったので」

「なるほど。私も加護を貰っていますが、神子より外なるものやネメセイアの方がインパクトが強いですからね。異人なので聖騎士の護衛も不要ですし……更に言うとこの体も化身なので、やられたところで別に……」

「化身……ですか？」

おや、聖下が知らないのなら、ハンナさんも知るはずがなく。

「外なるものについてどのぐらいご存知で？」

「正直な話、別次元に住む執行者としか。『ステルーラ様と幽明種』という本はご存知ですか？」

「ええ、読みましたよ」

「あれぐらいしか知り得る機会すらないもので……」

それもそうですね。執行者として来た場合、しばき倒してサヨナラですし……。死んでも行くのは冥府か奈落なので、当然深淵《しんえん》に行けるはずもなく。

正直ワンワン王とかなら、話しかければ答えてくれそうですが……執行者として来た場合、邪魔と判断されたら纏めてしばき倒されますね。

リスクが高過ぎるか。しかもあの見た目ですし。

「ふぅむ……丁度いいといえば丁度いい機会ですかね。ちょっと待ってください」

正直私も新参者。ぶっちゃけ説明できるほど詳しいとは言い難い。じゃあどうするか。聞けばいいじゃないか。ハハハハ。

ステルーラ様の立像の前に行き……ティンダロスの王に呼びかけます。

いつものように？　立像の台座部分の角からニュルッと出てきました。

「なんだ？」

「私も外なるものの一員になったことですから、色々知りたいと思いまして」

「ほう、良い心がけだ。良いだろう、何が知りたい」

やっぱり面倒見が良いですね、ワンワン王。頼れる王様！

まあ、私関係だとこっちに来ても良いようで、その辺りも関係してそうですが……この際そこは気にすまい。

聖下達にも聞いていてもらいましょう。

「まずそうですね……不死者との関係は？」

「直接的なものは特にない。強いて言うなら同じ女神の……ぐらいか？」

「領域が違いますし、そんなものですか」

「与えられた役割も違うし、接点がない。奴らは魂の管理。我々は断罪だ。強いからな」

固定された深淵への入り口の一つが冥府にあるというだけで、特に不死者と関わりはないと。

「奉仕、独立、支配がいますが……それぞれ下級と上級がありますね？」

「そうだな。６段階だ」

中級はない……と。

「化身は一般的ですか？」

「いや、一部のみだな。基本的に化身を持つのは上級の支配種族だ。お前は珍しいが、恐らく……なるのだろうな。期待している」

「ご期待に添えられるよう頑張りますよ。化身についてもう少し詳しく」

「簡単に言えば何らかの方法で作り出した分身だな。お前もそうなはずだが？」

「私は体の一部を切り離した化身ですね」

「そこは種によって千差万別だ。共通しているのが、化身をやられてもまた化身を作ればいいので、かなり質《たち》が悪い。しかし基本的に化身は本体より弱体化する。そもそも化身というのがお使い用みたいなものだ」

「お使い用……」

「お前のように本体のサイズが規格外だったり、本体が動けないから化身で動くとか、用途も種や役目によって変わる。化身によって独立した思考を持つ者もいるが、より稀だな」

上級の支配種族ですか。ティンダロスの王である、固有名持ちのミゼーアすら下級の支配種族なんですよね。まあ、ミゼーアは間違いなく詐欺ですが。

独立した思考……プレイヤーなのでまず無理でしょう。確かニャル様とかがそうですかね。

「お前が会った女神ステルーラも化身だぞ」

「ああ、そう言えば冥府の本に書いてありましたね」

「あとは門番もだ。古ぶるしきもの《ウムル・アト＝タウィル》な」

やっぱりあれもそうなんですね。ヨグ＝ソトースの化身なので、そうなのかなー？　とは思ってましたが。

女神直々にチェックしているのですか。

「ふと思ったのですが、外なるものはステルーラ様限定なんですか？」

「ふむ？　いや、違うな。だが深淵にいるのは女神ステルーラ信仰だ。女神シグルドリーヴァ信仰は神獣と言ったか。女神ハーヴェンシスは……神木だったか？」

「神獣に神木ですか……そう言えば、聖獣を見たのですがあれは？」

「神獣候補者みたいなものだな。神獣見習いでも良いが」

公式のサバイバルイベントで出た子ですね。やたら知能が高かったのはそれですか。イベントキャラでしょうが、設定自体はイベント時空ではなかったと。

まあつまり、地上からすると執行者として来るステルーラ信仰の見た目のヤバさがインパクト強過ぎて、外なるもの＝執行者。『ステルーラ様と幽明種』の本の影響も高そうですね。

しかし実際は、輪廻《りんね》から外れた者達の通称が『外なるもの』なので、信仰対象や種族によって呼び方が違う。

ステルーラ様は執行者。シグルドリーヴァ様が神獣。ハーヴェンシス様は神木。神木がちょっと合ってるか怪しそうでしたが、他に出てないので神木ということで。

執行者の候補が不死者。神獣の候補が聖獣。神木の候補は……なんでしょうね。

《識別》で信仰対象より外なるものが上なのは、これが理由ですか。

「とはいえ、神木や神獣はそう会わん。外なるものが我々のことという認識でも問題はあるまい」

「人は人が認識しているものが全てですか」

「それでも構わんだろう。神との契約を違《たが》えれば、我らが来る。それだけだ」

「まあ、それは確かに」

教皇が暇なわけもありませんし、このぐらいにしましょう。

「では、また何かあれば聞きますね」

「うむ、ではな」

ワンワン王は角から消えていきました。

そして、少し前に送り出されていた聖騎士が本を持って帰ってきていたので、それを受け取ります。勿論私ではなく、聖下がですが。

「えっとサイアーは……ああ、これですね。王または支配者などへの呼び掛けとして、かなり昔に使われていた……と」

「常夜の城にいるのは古参達ですからね……その時代の人達かもしれません」

「不死者ですから、十分にあり得ますね……」

「ちなみにいつ頃ですか？」

「大体７００年ぐらい前ですね」

「ラーナが大体６００……宰相はそれ以上でしょうから……そうですね。その時代の人達かと」

私としては別に何でもいいんですけど、立場的にはネメセイア陛下とかネメセイア様が安定なのでは？　不死者以外からサイアーと呼ばれるのもなんか違う気がしますし。

「では……そうですね、ネメセイア様でよろしいですか？」

「構いませんよ」

更に少し話していると、聖下に時間が来たようなので撤退しましょうか。本来トップは忙しいものです。私は宰相が全てやるので楽ですが。

奥へ戻るジャスミン聖下を見送り、ハンナさんとアルネ司祭に挨拶して始まりの町へ転移します。

さすが日曜日のお昼タイム。人多いですね。まだ王都まで行ける人は少なめでしょうか。まあ人数の大半は三陣なので、散らばるのはもう少し先でしょう。

んー……丁度時間が空きましたし、少しだけ早いですが、昼食にしましょうか。

昼食やらその他諸々を終えてからログインです。

「お、やあ姫様」

「ん……ああ、調べスキーさんですか。ごきげんよう」

「丁度いいや、姫様今時間あるかな？」

「あると言えばありますよ。スキル上げでもしようかというぐらいですから」

「お、情報提供にご協力ください。姫様結構ゲームするね？」

「ええ、そこそこやってきましたが……」

「教会について情報が欲しいんだ。具体的に言うとＷｉｋｉに書くぐらいの」

「あー……クレス教についてですね？」

「いえす。姫様が一番詳しいだろう……という、検証班の満場一致でね！」

「神官プレイしてる人とかではなく……ですか？」

「んー……組織の内情を知るならそれでも良いだろうけど、俺ら別にパパラッチじゃないからね。姫様アプデ情報見た？」

「あ、出たんですね。まだです」

「今度のアプデでギルドのサイトや個人ブログ的なのができるようになるんだよ。勿論ゲーム内で。そこで我々、ギルド検証班はＷｉｋｉを作ろうという話になってね」

「そのＷｉｋｉのため、教会のページに書くような情報が欲しいと」

「いえす！」

これからは掲示板を漁らず、検証班のＷｉｋｉを見に行けば良さそうですね。そして教会の情報が欲しいと。Ｗｉｋｉということは、大まかな概要ですね。

検証班の纏めにはお世話になっていますし、協力しましょうか。

「構いませんよ。ついでに冥府や深淵の情報もあげましょう」

「お、それはありがたい！　じゃあご馳走《ちそう》しよう」

なんでもプレイヤーが作った喫茶店があるらしく、そちらへ移動します。

「渋いおじさんがやってる隠れた名店的な落ち着いたお店と、女性客中心のちょっとメルヘンチックなお店、どっちが良い？」

「どっちが美味しいですか？」

「言っといてあれだけど、ぶっちゃけ姫様的には前者だと思う。お嬢様グループの出入りを確認しているからね！」

「おや、エリーにアビーですか」

「すげー高かったけど美味かった。正直あれ、本職じゃないかと思ってる。知名度的には後者なんだけどね」

「隠れ名店のプレイヤー名は分かりますか？」

「えっと……マギラスだね」

「なるほど。ではそちらで」

やはりマギラスさんでしたか。もはや一択ですね。

裏路地というほどでもないけど、大通りなどでもない。そんなまさに隠れた名店的な感じでひっそりと佇《たたず》んでいました。

「いらっしゃい……おや、ようこそ」

「こんにちは、マギラスさん。お店持ってたんですね？」

「つい最近ね。デートかい？」

「ええ、色気のない会話を繰り広げる予定です」

「ハハハ！　好きなところ座って」

2人席に座り、紅茶とケーキを注文。

そして、早速調べスキーさんと情報を纏めます。

「まずこの世界の教会は、創造神クレアールを主神としたクレス教。よって教会のシンボルも十字架ではありません。主神を含めた4柱に関してはおいておきます」

「うんうん。神々については今は良いや」

「教会のトップ、教皇はジャスミン・フォースター聖下。少し前に変わったらしく、年齢は30代の女性。午前中に挨拶してきました」

「ほほう。こっちの宗教は性別関係なさそうだな」

「そうですね。4柱が女神だからでは？　始まりの町にいるルシアンナさんが総大司教。教会の役職では上から3番目ですね」

「ほう。役職について詳しく」

「今私が知っているのは教皇《ポープ》、枢機卿《カーディナル》、総大司教《パトリアーク》、大司教《アーチビショップ》、司教《ビショップ》、司祭《プリースト》、助祭《ディーコン》、修道士《モンク》と修道女《シスター》ですね」

「……カトリック系？」

「恐らく元は。ちなみに修道士と修道女は聖職者見習いです。それと修道院長という孤児院の先生がいますね。聖職者というより経営者寄りですが、結構偉いです。司祭と司教の間ぐらい」

「ふむふむ……」

「聖職者のローブは刺繍なしが修道士と修道女。赤が助祭、緑が司祭、灰が司教。大司教や枢機卿、教皇は金というか黄色ですが、それぞれデザインが違う。ローブ自体の色は、身に着けている人『個人』の信仰対象の色ですね」

「へぇ……そんなところまで。信仰対象の色とは？」

「4柱の髪の色です。赤、緑、灰、金（黄色）に白が基本色。特定がいなければ紺と白になります。始まりの町で紺の黄色刺繍はルシアンナさんしか見てませんね」

まあそもそも教会に行って大体会うのは、カトリックで神父と言われる司祭です。ルシアンナさんは基本奥で書類仕事でしょうね。時間が空いた時に礼拝堂にいるのでしょう。遭遇確率はそんな高くないはずです。

「後は……神子でしょうか。由来は神の愛し子。要するに神の祝福称号持ちです」

「姫様も持ってるんだっけか」

「そうですね。祝福持ち全体を神子と呼び、シグルドリーヴァ様は戦人、ハーヴェンシス様は聖人に聖女だそうです」

「クレアール様やステルーラ様は？」

「クレアール様は不明ですが、ステルーラ様が由来らしく、神子のままですね」

「ほほう……」

「神子にも位があるらしく、祝福が3位、加護が2位、慈愛が1位だそうです」

「身分社会は大変だなぁ。姫様は？」

「私は加護なので、神子では2位ですね。先程挨拶に行った時に、ステルーラ様の盲目の神子とお会いしました。こちらも2位でしたね。加護でも相当らしいです」

「慈愛が激レア。加護も相当。祝福持ちだけでも十分……と」

「彼らは全員が聖職者というわけではなく、後ろ盾として教会が付いているだけです。教会の戦力……聖騎士ですね。彼らが護衛に付き、お世話役も付くそうです」

後は冥府や深淵の方ですが、こちらは正直私もあまり知らないので、とりあえず目撃した種族などの情報をあげましょう。

「ほほう……宰相がアーウェルサエルダーリッチね……」

「運動会の時に出てきた英雄の女性ですが、スヴェトラーナ・グラーニン・エインヘリヤル。南のディナイト帝国、約600年ぐらい前の大英雄らしいですね。冥府では軍の責任者です。私の剣の師匠ですね」

「お、やっぱりそうなんだな。構えが似てるとか少し話題になってた。しかし600年とはまた」

そして深淵で見た種族も。

「ムーンビーストとティンダロスの猟犬、ティンダロスの王、ショゴスは確認してるな。後は運営の話からして嘆きの聖母達か」

「深淵にも常夜の城のような古城があるのですが、宰相がニャル様でしたよ」

「ナイアルラトホテップ！」

「ちなみに神父の格好でした」

「……ナイ神父？」

「恐らく……。黄色いドゥルっとした何かはまだ見てません」

「本体だっけか」

「後はミ＝ゴにイスですね。見てませんがルルイエがあるのでクトゥルフ。そしてハスターもいるでしょうし、クトゥグアの名もニャル様から聞きましたね」

「マジで深淵がクトゥルフ系統か」

「クトゥルフ系統を出すにあたって作ったエリア……みたいな感じですね。ミ＝ゴとイスが友好関係にある技術者で、機甲種の原型が彼らが作ったものだとか」

「マジで？」

「ティンダロスの大君主、ミゼーアが言っていましたからマジかと。今じゃロストテクノロジーな古代遺跡系統らしいですが、彼らの時代の物だと」

「スクープだな！　マシンナリーは？」

「マシンナリーはその後の進化かなにかなのでしょう」

「自我が生まれたんかねぇ……。ま、これだけ情報集まれば十分か。助かる」

「いえ、ごちそうさまです」

パクパクしながら話していました。さすがマギラスさん。とても美味しいです。

「レディ、サービスでございます」

「あら、ありがとうございます」

「お連れの方もどうぞ」

「ありがとうございます」

美味しく頂きますよ。

「この店サービスあるのか……うめぇ」

「まあ、三ツ星シェフですからね」

「……マジ？　三ツ星ってあの三ツ星？」

「恐らく思ってるだろうあの……ですよ」

「そりゃ美味いわけだが……」

「なぜゲームしてるかはリアル側の問題なので聞いてませんが、美味しいものが食べれるので特に問題はありません」

「それもそうだな」

食べながらついでとばかりに魔女関係の情報も纏めます。分かっていることは少ないんですけどね。魔女のランクと名前ぐらいでしょうか。

食べ終えたら用事も済んでいるので撤退します。

「じゃあ姫様、助かったよ」

「いえ、ごちそうさまです」

「またどうぞ」

お店を出て、調べスキーさんと別れてレベル上げに向かいましょう。

《縄》ついでにキャパシティもためましょう。

04　10月アップデート

「問題は？」

「ありません」

「じゃ、レベル上げてきます」

「行ってらっしゃいませ」

冥府の離宮から東の第八エリア、ディンセルヴ砦《とりで》へ飛びます。

クエストが……発生してますね！　まだ体力残ってるでしょうか。急いで砦を出て戦場へ向かいます。

敵は……ブルータルタイガーですか。まだ始まったばかりのようですね。良かった良かった。

後方の魔法師団に合流し、一号達を霊体系で召喚。

「手伝いますよ」

「あ、助かります！」

前衛を騎士達に任せ、後ろから魔法と触手でペチペチする作業。一号も空からペチペチするので、実に美味しい。

〈《縄》がレベル30になりました。スキルポイントを『2』入手〉

〈《縄》のアーツ【バインドサイクロン】を取得しました〉

〈《縄》が成長上限に到達したので《鞭《むち》》が解放されました〉

〈特定の条件を満たしたため、《蛇腹剣》が解放されました〉


隊長のいつもの言葉を聞いてクエストクリアです。

「協力、感謝します」


【バインドサイクロン】

対象に絡まった後使用可。対象を振り回す。


フリフォで使ってる人がいましたね。スペースは必要ですが、威力補正は高めだとか。

そして気になる《蛇腹剣》ですが、《刀剣》《鞭》《高等魔法技能》で解放されるようですね。基本的に《刀剣》と《縄》を同時に取る人がいないので、見つかっていなかったようです。物好きにもほどがある？　そもそも《縄》が……。

これは掲示板に流してしまいましょう。正直な話、これ武器の用意ができるのか怪しいですが。

まあ、何とかするでしょう。

《蛇腹剣》を取ればアサメイ君が対応してくれそうですが、私の場合触手で十分ですよね？　気になるのは、触手君が《蛇腹剣》系統アーツを使用できるのか。使用できるなら取るのは《蛇腹剣》ですね。確実にこちらの方が攻撃的でしょう。

ＳＰは６なので、２次の通常武器スキルですね。うーん……《高等魔法技能》を要求している以上、魔法系統のはずなので……アサメイ君にかける？　それなら触手が対応してなくても無駄にはなりません。

《揺蕩う肉塊の球体《スフィア・クレマス・ウェイヴィー》》には、『《縄》系統のスキル補正を受ける』と書いてあるんですよね。攻撃力などにスキル補正が入るけど、アーツが使えると書いてあるわけではありません。とても悩ましい……。

今の所有ＳＰは１１７。しかしレベル50に乗っているスキルがちらほら。《言語学》と同じなら３次スキルのＳＰ要求は10。

特殊そうなのを除き、３次まで行きそうな所有スキルは30個以上……。つまりＳＰが３００以上必要。６とは言え、無駄にするわけには……。

神頼みですかね？　いえ、既にプログラムされてることを頼まれても困ると思いますが……人は、祈らずにはいられない。

〈《蛇腹剣》を取得しました〉

〈『恩寵《おんちょう》のアサメイ』が持ち主に適応しました〉

よしよし……！　装備を確認しましょう。

《高等魔法技能》
短剣から両手剣サイズまで伸縮自在。

《蛇腹剣》《高等魔法技能》
鞭のように伸縮可能で、《縄》系統アーツの使用が可能。

《高等魔法技能》単品から、《蛇腹剣》と《高等魔法技能》になったようですね。
強いて言うならサイズの変更ができなくなりましたが……使ってなかったので別に良いでしょう。

【クイックリターン】
伸ばした物をすぐに戻せる。

これは……《鞭》と同じですね。とても有用。むしろないと辛い。
さて、肝心の触手の方を確認せねば。アサメイが適応したので無駄にはなりませんが、《縄》系統スキルは触手の方で使うのがメインですからね。

【クイックリターン】を使用するとすぐ引っ込んで消えるので、使えているのでしょうが……このアーツは《鞭》と同じなのでなんとも言えませんか。

とりあえず使えそうだ……ということで一安心。触手使って《蛇腹剣》スキルが上がれば使えると思って良いでしょう。

では次。騎士に的を貸してもらい、アサメイを鞭状にして何回か攻撃するのを録画。この動画とスキルのＳＳを掲示板に上げておきます。

これで情報に関しては十分でしょう。おっと、ついでに《空間魔法》の50で覚えた魔法も載せておきましょう。


【クリエイトラウムセーフティー】

インスタンスセーフティーエリアを生成。戦闘中使用不可。出ると消滅。

回復に便利……と言いたいところですが、クールタイムはリアルタイムで30分。入れるのはＰＴのみ。大体緊急離席用やトイレ休憩用ですね。


さて、せっかくなので少し森に入ってみましょうか。

こう、たまに全ての能力を使用して格上と戦いたくなりますよね。レベル上げはレベル上げでも、格上では経験値効率……時給が微妙でしょう。目的はそちらではなく、中の人……プレイヤー

スキル、つまりＰＳのレベル上げが目的です。

　まあそんなことより、思いの大半は全力で戦いたいだけですが。アクションゲームです。そんなものでしょう。本来ＰＴで戦うボスを、ソロチャレンジするのと同じです。このゲームは再戦できるボスが今のところいないので、普通に格上の敵を狙いますよ。

　一応騎士に言ってから、砦から多少離れた南にいる……単体のハイオーガガードの前に降り立ちます。空から滅多打ちでは意味ありませんからね。

　ハイオーガガードは片手剣と盾を装備しているオーガの50台バージョンですね。装備とレベル帯で、この辺りのネーミングにルールがありそうです。確か初期は剣がソルジャーで、槍《やり》はランサーですが、盾はディフェンダーだったはずですね。

　アサメイはいつも通り空間属性で挑みますよ。アサメイによる武器防御行動に補正。格上相手では余計に外せません。

　それはそうと、50レベにもなるとＡＩはそれ相応に賢い……というよりは、それっぽいＡＩが積まれているのでしょうか。このハイオーガガード、騎士系？　私が前に立っても見てきますが、それだけです。アサメイを構えると向こうも構えました。

　ハイオーガガードはオーソドックスな片手剣に盾。２メートルほどのムキムキな鬼が、片手直剣にカイトシールドを持ったスタンダードスタイルです。

　いざ、尋常に！

触手でベシーン。

いや、うん……すまない。私別に剣士ではないんですよ。というか格上なので、出し惜しみなんてしませんよ。

ラーナに教わった【水鏡《すいきょう》の型】で迎え撃ちます。攻撃は主にショットを使用して削りましょう。その間にできる限り触手での攻撃も加えていきます。後は受け流し時に反撃が発動することを祈りましょう。

ハイオーガガードの剣による攻撃をアサメイで受け流します。隙があるようならそのまま跳ね上げ、アンバランス状態にしてガッツリ削らせてもらいます。

問題があるとすれば、それでも全然ＨＰゲージが減らないということでしょうか。そして、受け流してる私に微妙にダメージが入っているのも問題です。

相手がパワーファイターなので、受け流されようがお構いなしにブンブン振ってきます。その代償としてモーションが分かりやすいので助かりますが……正直押され気味ですね。格上なので当然とも言えますが。

ん……？　ん⁉

「グッ……！」

シールドバッシュもするんですか！　ガードは間に合いましたがノックバックとは！　さすが鬼。馬鹿力にもほどがありますね。

すくい上げるように斜め上へ飛ばされたので、流れには逆らわず《座標浮遊》で回りつつ木に着地します。背中から行ったら相当なダメージを受けるでしょうね。

しかしガードしたとは言え、シールドバッシュ本体をガッツリ貰《もら》っているので、《聖魔法》で回復しておきます。追撃を防ぐため、触手で嚙《か》み付いてバインド。地面に降りつつ回復します。

さて、仕切り直しです。相手は後6割。こちらのMPは後7割。ギリギリですね。被弾回数次第でMP切れもありえますか。

そして姿勢を落として踏み込んでくるモーションは要注意ですね。

それに、触手によるバインドは効果時間が微妙でした。鬼相手に筋力抵抗は愚策ですね。やるなら【シャドウバインド】か。

《狂気を振りまくもの》もさっぱり効いていない。正直進化前の猛毒や呪いの方が使えた気がしますね。これは別の状態異常スキルを取るべきか。《魔素侵食》スキルも取ったことですし、その方が良いですかね。

シールドバッシュを警戒しつつ剣を逸らして、ひたすら魔法で削ってゆきます。

……気のせいですかね？　なんか……なんか……んんー？　なんか強くなってませんか？　私も戦闘時間で回復性能上がりますが……君も？

バーサク系……とは違いますね。防御力は減ってる気がしません。東のボス熊とは確実に違うタイプでしょう。となると……スロースターター系？　戦闘時間云々《うんぬん》の《活性細胞》もこれに入るでしょう。まあ、まだ知らないスキル沢山あるでしょうから、スキル名は分かりかねますが。

いや……この感じあれでは？　この子まさか残りＨＰの……背水系？　削れば削るほど辛くなる

タイプなのでは？　明らかに強くなってますよね。どうせなら騎士達に詳しく聞いておくんでした。

ハイオーガの持ってる剣が赤くなったということは……攻撃アーツ！　刀身がゆらっとブレました。非常にまずい。よりによって【朧月《おぼろづき》】ですか！

いつも通り斬撃を受け流したら、《危険感知》が6本のラインを表示しました。追撃の6本を順番通りに受け流し……できるわけもなく。【朧月】の追撃は【ディレイスラッシュ】と違って速いしランダム箇所なんですよ。

そして右腕が斬り飛ばされました。とてもまずい。斬撃にとことん弱いですね！　エイボンの書は最初から浮いているのが救いか。

「【Mexa《みあ》 Pers=eh《ぺるせふ》 Pogn《そぐん》】」

ハイオーガを【シャドウバインド】で足止めします。腕の部分に触手が生えて擬態したところで、腕と一緒に飛んでったアサメイを【念動装着】します。

そして回復もしておきますよ。

さて、再び仕切り直……ん？　んん⁉

バインドが解除されたハイオーガの刀身が再び赤く光ったと思ったら、目の前にいました。今度は【アサルトブレイド】ですか！　一瞬で距離を詰め、斬りつけてくるアーツですね。よく言う縮地とセットになったアーツです。

受け流……せましたね！　って流れるようにシールドバッシュ⁉　ジャンプしつつガードします。

盾に乗るように後ろへ飛ばされましたが、最初よりかなりダメージが低いですね。触手の本数がもっと増えれば、セーフティーネットにもできそうですか。自分を捕まえればブレーキにもなりますが……そういう系はやはりマクロが欲しい。

それにしても、楽しいですね。実に楽しい。格下を豪快に一掃するのも爽快で良いですが、ジャイアントキリングも良いものです。格上相手にガッツリアクションゲームするのはとても楽しいですね！


〈《本》がレベル30になりました。スキルポイントを『2』入手〉

〈《本》のアーツ【ミラーキャスト】を取得しました〉

〈《蛇腹剣》がレベル5になりました〉

〈《蛇腹剣》のアーツ【グランスラスト】を取得しました〉

〈《高等魔法技能》がレベル55になりました〉

〈《魔法技能》の【念力《サイコキネシス》】【遅延発動《ディレイスペル》】が強化されました〉

〈《聖魔法》がレベル15になりました〉

〈《聖魔法》の【エリアヒール】を取得しました〉


私の右腕を斬り飛ばしてくれたハイオーガガードが地に伏せました。

うーん……ＨＰはともかく、ＭＰがすっからかんですね。残り１割ちょっとですか。やはり格上は倒せるけど、狩りにはなりませんね。効率が最悪です。

まあ、元より経験値稼ぎではなく、アクション楽しみたかっただけなので、良しとしましょう。ん、近くに別個体がいますね。今のＭＰだと間違いなく死ぬので【リターン】ですよ！

「おや、陛下。お戻りですか」

「戻りました。ハイオーガガードは倒せましたが、ＭＰがすっからかんになりましたので、他のに見つかる前に【リターン】で」

「無事に倒せましたか。素晴らしいですね。異人は成長が早いらしいので、とても楽しみです」

「ではこれで。また来ます」

「はい。おもてなしはできませんが、いつでもお待ちしております」

砦の騎士に挨拶してから離宮へと飛びます。

しかし、いつの間にか私のことがしっかりと通達されていますね。劇的ではありませんが、微妙に態度……というより雰囲気というべきですかね。それが変わっています。一般向けの、恐らく威圧感などを与えないための軽めの雰囲気が、引き締まりましたね。

まあ、砦の騎士達の微妙な変化は置いときまして、スキルの確認をしましょう。

ベース経験値はともかく、スキル経験値は十分美味しい……と言えますか。格上だと戦闘時間が長くなりますし、そういう意味では悪くはない？　問題は集中力が続くか……と、増援が来た瞬間詰むのがなんともですか。

【ミラーキャスト】

自身の使った魔法を複製する。

【グランスラスト】

地上を薙《な》ぐように振るう。地上の敵にボーナス。

【エリアヒール】

自分を中心として光の輪を展開し、中の人達を回復させる。


地上にボーナス、範囲回復と特に言うことはないですね。

問題は《本》のアーツでしょうか。これだけではよく分かりません。掲示板を確認しましょう。

えーっと……いや、これは25で覚えた方だから違いますね。


【ミラージュキャスト】

自身が覚えている魔法の見た目だけを模倣する。攻撃力は皆無。


微妙にＭＰ使いますが、少量で魔法によるフェイントができるようになるアーツです。今のところＰｖＰ用です。

名前が似てますが今見たいのはこれではなく……ほほう？

直前に使った魔法を複製してもう１回使える。消費ＭＰは同じ魔法を普通に使うよりは安いためとても有用。ただし、クールタイムが長く180秒……3分ですね。

使用できる状態ならとりあえず使っておくタイプですか。

《蛇腹剣》のレベルの上がりを見た感じ、ちゃんと触手でも良さそうですね。まあ、外に出て実際アーツを使用して確認。……発動したので問題ないでしょう。触手を横薙《な》ぎに振るうだけですが、範囲は結構なものですね。ある程度高さは変えられるようなので、敵のサイズに影響されることはなさそうです。

ちなみに、アサメイで試しても鞭のように伸ばして薙ぎ払うだけです。

さて、今度は何しましょうか。たまには違うことでもしたいですね……ラーナに型を教わるのも良いですし、RP用に宰相やラーナから王侯貴族のマナーを聞いても良いですね。このAIなら教えてくれる気がします。

《古今無双》のクエストも進めたいですし、生前が公爵夫人というのを考えると……やはりラーナですかね。ラーナと修行して寝ましょう。あ、錬成陣を弄るのも良いですね。まあ、それは別の日にしましょうか。

アプデももうすぐ来ますし、10月のイベントはなんでしょう。

授業も終わり、帰宅時間になりました。早速智大《ともひろ》と傑《すぐる》がやってきます。エリーとアビーは最初から横にいるので。

「パッチノートが更新されてたぞ」

「帰ってからゆっくり見ようか」

「おう」

　ということで、お迎えに来たエリーとアビーの車に便乗。実に楽です。

　メンテ明けまでもう少し時間あるので、我が家のリビングに集まりのんびり。飲み物片手にテレビでパッチノートを見ます。全員で見れますからね。

「んー……気になるのは『マクロ』と『オリジナル装備機能の拡張』かなー」

「目玉としてはその2つと……『動作リプレイ』に『個人の日記ページ』、『生産依頼システム』かね」

　リーナとしては、マクロとオリジナル装備の機能拡張が一番恩恵あるのでしょう。全体で見れば智大の言う3つ込みで、5個が今回のアプデの目玉ですかね。

「マクロは自由に組み合わせ、アーツコンボも可能だが、当然各アーツごとにクールタイムが入るため、その点は注意……と。まあそこは当たり前だから良いとして、見た感じかなりカスタム性がありそうだな……」

「こればっかりは実際中で弄《いじ》ってみるしかないな」

「だなー……」

　智大と傑が言うように、挙動などを確認しながら弄るしかないでしょうね。とりあえずログインしたら弄ってみましょう。使えそうなら本格的に組みたいですし。主に触手関係で。

「動作リプレイ機能の追加。所謂《いわゆる》変身シーンの再現は可能……だろうが、当然無敵時間は発生しない……だって」

「まあ、当たり前だよね」

「敵の大技回避に使えちゃうからね……」

「間違いなく使う」

「「知ってた」」

柳瀬《やなせ》さんが読み上げ、松兼《まつかね》さんが反応。妹の断言に反応する2人……と。

基本的に空いた時間はゲームする組ですから、まあ使うでしょうね。

「ドラゴンのブレスに時間合わせてモーション組めば完璧じゃね？」

「ブレスの中から無傷でポージングして出てくるのか……」

「ドラゴンだと多分レイド戦だし、ポージング集団だよな」

「そんなんされたら笑うわ」

「ドラゴン激おこしてステータス上がりそう」

とてもシュールな戦場ですね。果たして腹筋がもつか……。

「日記ページはまあ、検証班がゲーム内Ｗｉｋｉ作るとか言ってましたが……自分で使うことはないですね」

「あ、マジで？」

「調べスキーさんが言ってたよ。この間、教会に関して情報提供しておいた」

「そう言えば、マギラスがお店に来たって言ってたわね」

「提供ついでに調べスキーさんにごちそうになりましたよ」

恐らく、大体のプレイヤーがお世話になりそうなところでしょう。掲示板を漁らずに情報探せますからね。まあ、纏《まと》め終わるまでしばらくは探すことになるでしょうけど。

「最大の目玉、オリジナル装備のテコ入れか」

「ボーンまで！　しゅごい！」

これ……洋ゲー……装備ＭＯＤ……うっ頭が……。

やってることは同じだし、思い出すのは当たり前ですか。

「ボーンは課金またはドロップか」

「ドロップあるだけ凄くね。確率知らんけど」

ドロップ率は敵のレベル帯依存。ロットには入らず、本人のインベ直行。判定は倒した瞬間なので、一部の人もご安心ください……ですか。私やスケさんがその一部の人にピンポイントですね。死体取り込んでしまいますから。

何種類かあるが、一番上は課金か超高難易度イベントまたはレイドのみ。

「ところで、ボーンって何かしら？」

「分からないです！」

まあクリエイターならともかく、普通ならあまり気にしない部分ですからね。妹と２人でエリーとアビーに説明します。

「言葉通りの骨だと思って構いません。ゲームだとモーションなどの動き部分を司る骨組みです」

「筋肉を1本1本動かす……なんて現実的じゃないし、やる意味がない。骨を動かせば体は動くからそれで良いんだよ」

「ああ、なるほどね」

とあるキャラクターの片足を上げたい場合、太もも部分の骨を持ち上げてあげれば良いというわけですね。

設定次第ではつま先が地面にくっついたまま、太ももを上げると脛《すね》が伸び、ヒエッとなるのはあるあるではないでしょうか。

「それが装備だとどうなるです？」

「一番分かりやすいのはマント？」

「かな？　一番動くし」

「マントが風で靡《なび》く……あのパタパタがよりリアルに、滑らかになります」

「ボーン数が増えると純粋に、判定……動かせる部分が増えるんだよ」

「おー……なるほどです！」

そう考えると私のあの外套《がいとう》、かなりのボーン数ですね。というか、今にして思えば住人の冒険者達、彼らのマントというか……ローブにも違和感を感じてませんね。

元々ゲーム内に用意されている装備は、結構なボーン数があるんでしょうか。そう考えると、実は余程拘《こだわ》らない限り不要ですかね。まあ、そういうところに拘るのがプレイヤーというものですが。

「ボーン数増えると負荷がかかるもんな。ストレートに金要求してきたな」

「痛いが、払えなくもないいやらしい値段設定だ……」

「まあ、俺らは遊びだが向こうは商売だからな……」

アイテム生産時に使用する消耗品ですね。

装備品を作る時にボーンを選択。ボーンを設置後、今まで通り生産を開始。その工程が終わっても未完成品として止まり、ボーンのアイテムを要求される。最初に選んだボーン数に合ったアイテムを、課金なりドロップで用意して完成。

つまり、気に入らない性能の物ができたら、ボーンのアイテムを用意せずに破棄。生産に使用したアイテムは消えますが、ボーンアイテムは消費せずに済むわけです。

「うん、温情だ。とても温情だ」

「で、生産依頼システムってどんなんだ？」

んー……簡単に言えば、素材を渡さずに生産してもらい、完成品も直接インベに入るようですね。作るたびに制作費も渡せると。

その際、自分でボーンやらテクスチャを設定しておけば、ボーンアイテムを使用直前の状態で返ってくる……と。

「依頼書と設計図？」

「かねぇ。自分でデザインしたやつを、生産者に作ってもらえるシステムっぽいな」

「お父さんに軍服風デザインしてもらおうかな……」

「それは……ガチ過ぎないか？」

ただでプロを動かせる、娘という最強手段です。お父さんなら確実にやってくれるでしょうね。

「そういや、南の大陸のＳＳ見たか？」

「見た！　行こうか悩んでるところ！」

むむ？　私見てませんね。気になるじゃないですか。僕と妹が見てるなら、２人のＰＴは見てますね。私とエリー達が見てませんか。見ましょう。

「えっと、これがディナイト帝国」

「あれは……コロッセオ？」

「ベータの武闘大会で使ったやつだね！」

「やっぱ帝国に置かれてたんだね」

「でね、帝国の町並みは置いといて、これがその問題のＳＳ！」

表示された画像は実にファンタジーな物でした。

「浮遊大陸です⁉」

「何か浮いてるのは確かね」

「地上も水晶の森ですか？　あれは……遺跡ですかね」

「スチーム……ではなくサイバーかしら？」

「とてもファンタジーしてるです！」

始まりの町がある北の大陸は中世ヨーロッパがベースでしょう。まあつまり、あまりファンタジーの大冒険感はないんですよね。ディナイト帝国も似たようなものです。まあ人の居住エリアですから、そんなぶっ飛んではいません。

しかし、ＳＳに映っている外の部分がかなりファンタジーしていますね。

「なんか、南の大陸は敵が強いらしいな」

「そうなの？」

「純粋にステータスが高いようで、連携もしてくるし、状態異常とかも普通に飛んでくるとか」

「へぇ……そろそろ東以外も開けるべきか……」

「むしろまだ東だけだったのか……」

「現状特に困ってなくて。ああでもポーション使えるようになったから、北西開けたい気はする」

「北西はエルフだったたか。確かティアレン魔導国だな。自然と共に暮らし、魔法や魔法薬に力を入れて水が美味しい」

らしいですね。よって魔法薬に使用する魔草の産地でもあるとか。

正直な話、自分で作るより素材をサルーテさんに持ち込んだ方が良いのですが、自分で作っていかないとスキル上がりませんからね……。

「あ、そう言えば《錬金》で思い出しました。アビー、ドールコアなる物のレシピが手に入りましたよ？」

「ドールコアです？　気になるです！」

「なんでも自動人形《オートマタ》のコアだそうですが、３次スキルじゃないと作れませんね」

「自動人形《オートマタ》！　でも今《錬金》も上げるのは辛いです……」

「当面は共同作業になるでしょうね。言ってくれれば《錬金》面は手伝いますよ」

「やったです！」

生産スキル2個は辛いですからね。自分で取るにしてももう少し後になるでしょう。おかげでスケさん達に比べるとレベル低いんですよね、私。その分生産スキルによるステータス補正が入っていますけど。

《錬金》は他の生産スキルと相性がかなり良いでしょうが、私が持っているのは《料理》なんですよね……。ケミカルクッキング……？　ヤバそう。

「む、そろそろメンテ終わるか？」

「だな。よし、帰ってパッチ当てるか」

皆を見送ってから、こちらもパッチを当てておきます。

そして、メンテ明けでログイン。


早速訓練場でマクロの確認をしましょう。

ＵＩは勿論《もちろん》、カスタマイズ性と的を使用しての挙動チェックです。近接コンボなどは不要なので、主に触手面での挙動を確認します。

使う本数……触手の出現場所……攻撃方法……ふむ。マクロ使えばだいぶ楽になりそうですね。

必要なのは……通常のひたすら敵を引《ひ》っ叩《ぱた》く単体攻撃用のマクロと、2種類のバインド用マクロ、更にセーフティーとしての網目マクロですかね。

掲示板で他にも検証している人達がいるので、それに混ざりつつ試行錯誤していきます。

「おや、サイアー。反復練習ですか」

「ラーナですか。せっかく触手が出せるので、効率化を図れないかと検証中ですよ」

「良いことですね。力は使いよう。使いこなせない力に意味などありませんから」

全くもってその通りです。

マニュアルよりはマシですが、セミオートでも1個1個は面倒なことに変わりありません。かと言ってオートは全てランダムになるので邪魔です。出現箇所や攻撃方法、攻撃角度などですね。突然目の前から触手が出てきて、敵を殴ってこともあります。敵のサイドに出て、横薙ぎに振るうから私まで……みたいなことも。

よって、残念ながらオート使用はありえません。かと言ってマニュアルは面倒過ぎてほぼ不可能。一番実用的なのがセミオートでの使用です。

「サイアーは2段階目である【Ｅｘ２　白兵の型】、【Ｅｘ２　水鏡《すいきょう》の型】どちらも覚えました。よって【Ｅｘ３　修羅の型】、【Ｅｘ３　水面の型】をお教えすることが可能ですので、空いている時間で是非」

「【水面の型】は早めに覚えたいですね。しかし、まずは触手です。これが成功すれば、戦闘時に触手に思考を割く必要がなくなりますから」

「お心のままに。いつでもお待ちしております」

良い部下……部下？　まあ、部下なのでしょう。優秀な部下がいるのは良いことですね。ＡＩに捨てられないように、私も頑張らねばなりません。捨てられたら数日へこみそう。

ラーナ協力の検証の結果、2つのスキルで分かったことが少し増えました。型のついでというか、何というか。

《揺蕩う肉塊の球体《スフィア・クレマス・ウェイヴィー》》と《狂える無慈悲なもの《リレントゥレス・サヴェージ・ワンズ》》ですが、スキルの上がり方的に、『触手使用』がレベル上げの条件。しかしこれら、『触手の本数』は共有ではなく独立。

《揺蕩う肉塊の球体《スフィア・クレマス・ウェイヴィー》》はスキルレベルで反撃確率が上がる。より具体的に言うと、スキルレベルが上がると特殊エフェクトの球体が増える。体からうにょんうにょんするあれですね。その球体が増えると反撃確率が上がっている……と思います。多分10レベごとに増える。5レベではないはずです。

《狂える無慈悲なもの《リレントゥレス・サヴェージ・ワンズ》》ですが、これは純粋に空間から出せる触手の本数が増えます。これも10レベごと。15では増えていないので、20で増えるはず……です。素直に10レベで増えていけば、最終的には11本ですね。マクロ使わないと、まず使いこなすことは不可能でしょう。マクロ使っても11本全部は恐らく邪魔ですけどね。

『触手の本数』は共有ではなく独立ということで、現在上限である2本の触手でバインド中に攻撃されても、触手での反撃は行われる。これは恐らくですが、反撃は化身ので、触手は本体の……だからだと思われます。

まあ、理屈辺りはどうでもいいのです。『共有ではない』というのが全てです。つまり、マクロでの触手攻撃中に反撃が発動しても、DPSは下がらない。更にスキルの優先度も考える必要がない。上限である触手2本で攻撃してるから、反撃が不発しました……とか考えないで良い。実に楽です。

後ろから邪魔にならない角度で殴らせるとして……戦闘開始から対象が死ぬか、止めるまで。後方180……いえ、120度ぐらいに出現位置を組んで……と。バインドは四足と二足で分けた方が確実ですかね。巻き付きと噛み付きで計4個。セーフティーに関しては網目構造だけ作ってもらえば良いでしょう。

うん……こんなものですか。後は狩り場に合わせて作るなり、手動ですね。

では、【水面の型】を教えてもらいましょう。

「【水面の型】は今までお教えした防御系の統合です。水面のように全て元に戻る。衝撃を受け流し、遠距離を反射する。これも型そのものより、実戦での使用が難しいタイプですが、期待しております。では始めましょう」

さ、頑張って覚えましょう。

私、水面覚えたら狩りに行くんだ……。

■公式掲示板3

【煩悩全開】総合攻略スレ　１０８【ネトゲーマー！】

1. 通りすがりの攻略者
　ここは総合攻略スレです。
攻略に関する事を書き込みましょう。
前スレ：http://＊＊＊＊＊＊＊＊＊
>>940　次スレお願いします。

183. 通りすがりの攻略者
検証班のＷｉｋｉがじわじわ充実していくな。
184. 通りすがりの攻略者
ほんとな。助かるわー。
185. 通りすがりの攻略者
データを纏《まと》めて喜ぶか……変態共め……。

186. 通りすがりの攻略者
奴らは間違いなく変態。
187. 通りすがりの攻略者
でもそういう奴に限って優秀。
188. 通りすがりの攻略者
それな！
189. 通りすがりの攻略者
それはそうとアプデから少し経ったが、マクロとかオリジナルの拡張どんな感じよ。
190. 通りすがりの攻略者
生産職とかＲＰ勢が歓喜してるな。
191. 通りすがりの攻略者
消耗品量産するのにマクロで楽できるから助かる。
192. 通りすがりの攻略者
マクロちゃん戦闘は？　軽く試したけどイマイチな感想なんだが。
193. 通りすがりの攻略者
んー……使い方というか、状況次第かなぁ……？
194. 通りすがりの攻略者
マクロはマニュアル戦闘じゃなくオート戦闘だから、割と無理な体勢からでもアーツによる攻撃ができる。
195. 通りすがりの攻略者
オプション弄らずオートで動かしたい場合に重宝する……と？
196. 通りすがりの攻略者
そうなるな。空中でも起動さえできればシステムがやってくれる。
197. 通りすがりの攻略者
あくまで『アーツによる攻撃をする』だから、その後に適切な行動が取れるかは中の人次第だけどな。
198. 通りすがりの攻略者
空中でマクロ起動して攻撃できたものの、着地失敗で転《こ》けたりな。
199. 通りすがりの攻略者
マクロから手動じゃなく、手動からマクロである程度のモーションキャンセルとか可能だぞ。プレイヤー相手に効くかは微妙なところだけど。
200. 通りすがりの攻略者
特殊な挙動ができるけど……プレイヤー相手だとマクロ後に追撃されるか？
201. 通りすがりの攻略者
アーツの出始めはかなり特殊な感じにできるけど、オートである以上マニュアルと違って、その部分は融通利かないからなー。

202.通りすがりの攻略者
そうなんだよ。悩ましいよな。
203.通りすがりの攻略者
それ考えながら試行錯誤するのがまた楽しいんだけどな。
204.通りすがりの攻略者
分かるぅ。
205.通りすがりの攻略者
ボーン弄れるのも楽しいぞ。
206.通りすがりの攻略者
ついでな感じだったが、生産依頼も便利よな。
207.通りすがりの攻略者
頼む時の工程が減ったから楽でいいよな。
208.通りすがりの攻略者
動作リプレイは遊び用？
209.通りすがりの攻略者
まあ、遊び用かな？
210.通りすがりの攻略者
多分な。事前に記録しといたものを再生するだけだから。

211. 通りすがりの攻略者
なあお前ら……地味に凄いの発見したかもしれん。
212. 通りすがりの攻略者
お、なんだ？
213. 通りすがりの攻略者
しょぼかったら奢《おご》りな。
214. 通りすがりの攻略者
マニュアル戦闘でアーツの使用を記録するだろ？　それをマクロに組み込むと……。
215. 通りすがりの攻略者
え、できんの？
216. 通りすがりの攻略者
できてるっぽいんだよなあ……。
217. 通りすがりの攻略者
試してみるか。
218. 通りすがりの攻略者
そうさな。
342. 通りすがりの攻略者

マクロにマニュアルアーツ動作、確かにできてるっぽい？
343. 通りすがりの攻略者
できてるっぽい……な？
344. 通りすがりの攻略者
使いこなせれば強いんだろうが、これ活かすとなるとかなり大変だな。
345. 通りすがりの攻略者
事前に動作記録してマクロ登録。そして戦闘中に適切な奴を起動していく。
346. 通りすがりの攻略者
ワンパターンになるのが目に見えてるから俺はやらん！
347. 通りすがりの攻略者
そんな気がするわ。
348. 通りすがりの攻略者
汎用性高そうなの数個用意しておくだけで良いんでね？
349. 通りすがりの攻略者
ところで、アーツがクールタイム中に使うとどうなるん？
350. 通りすがりの攻略者
光魔法かっこいいポーズになる。
351. 通りすがりの攻略者

あれは敵味方両方の動き止めるから凄いだろ！
352. 通りすがりの攻略者
動きは再現されるが、アーツの効果はない！
353. 通りすがりの攻略者
ただの通常攻撃になるわけか。
354. 通りすがりの攻略者
アーツの効果も出ちゃったらぶっちゃけバグだろうしな。
355. 通りすがりの攻略者
だろうね。
356. 通りすがりの攻略者
ぶろーね。
357. 通りすがりの攻略者
突っ込まんぞ。
358. 通りすがりの攻略者
へいかもぉん！
359. 通りすがりの攻略者
うるせぇ！
360. 通りすがりの攻略者

おん？
361. 通りすがりの攻略者
おんおん？
362. 通りすがりの攻略者
何が増えたんだ？
363. 通りすがりの攻略者
Ｎｅｗマークが複数にあって分からん。
364. 通りすがりの攻略者
全部見てないんですね、分かります。
365. 通りすがりの攻略者
その通りさ！　こういう時何が更新されたのか分からん。
366. 通りすがりの攻略者
あ、状態異常が更新されてるわ。
367. 通りすがりの攻略者
状態異常っぽいな？
368. 通りすがりの攻略者
マジか、何が増えたよ。
369. 通りすがりの攻略者

錆《さ》び、腐蝕《ふしょく》、萎縮／収縮、回復不能。
370. 通りすがりの攻略者
なんかエグそうですね？
371. 通りすがりの攻略者
もしかして：姫様。
372. 通りすがりの攻略者
すまん、俺もそう思った。
373. 通りすがりの攻略者
分かる。萎縮ってのがもう……ね。
374. 通りすがりの攻略者
ですよねー。
375. 通りすがりの攻略者
触れると爛《ただ》れる、腐食する、萎縮するとかもうね。
376. 通りすがりの攻略者
クトゥルフ御用達描写だからな。
377. 通りすがりの攻略者
あ、姫様が調べスキーに捕まった。
378. 通りすがりの攻略者

マジか。
379. 通りすがりの攻略者
まあ、姫様の位置情報は個人板見れば大体分かるからな……。
380. 通りすがりの攻略者
むしろ分からない場合って？
381. 通りすがりの攻略者
冥府のマイハウスにいるか、まだファンが進出できてない人の少ないエリアにいるか、そもそもログインしていないか。
382. 通りすがりの攻略者
なるほ。
383. 通りすがりの攻略者
つまり……待ってれば情報くるな？
384. 通りすがりの攻略者
来るやろな。

659. 通りすがりの攻略者
検証のために躊躇《ためら》いなく脱いだ姫様。
660. 通りすがりの攻略者

一陣の鑑《かがみ》。
661. 調べスキー
Ｗｉｋｉの方で纏めておくよ！
662. 通りすがりの攻略者
よろしく！

831. セシル
ちょっとだけ面白い情報を持ってきたよ。
832. 通りすがりの攻略者
お、なんぞ？
833. 通りすがりの攻略者
なんぞなんぞ。
834. セシル
最近帝国側でストーリー……クロニクルか、やってるんだけどさ。クロニクルクエストが、クロニクルギルドクエストに派生したよ。
835. 通りすがりの攻略者
ん……？
836. 通りすがりの攻略者

んん？　本来1PTのクロニクルがギルド規模になったわけか？

837. セシル
そうそう。手の空いてるギルド員は絶賛パトロール中。

838. 通りすがりの攻略者
帝国ってポータル開けるの大変じゃん。船クエ手伝い必須じゃね？

839. 通りすがりの攻略者
ござるが突破してから、船クエかなり楽になってるで？

840. 通りすがりの攻略者
マジで……？

841. 通りすがりの攻略者
マジマジ。

842. セシル
だいぶ簡単になってるね。

843. 通りすがりの攻略者
実はまだリベンジしてないのがバレたようだな！　ギルド規模で貴族の護衛？

844. セシル
一家の護衛と言うより、領地の護衛的なクエストかな。だから範囲広いんだよねー。

845. 通りすがりの攻略者

領地か。あれ、領地の設定あんの？
846. セシル
帝国にはあるみたいだよ？　北の大陸と違って村も多いし。
847. 通りすがりの攻略者
まだ行ってないのがバレてしまったようだな！
848. アナスタシア
帝国広いですよね。転移ポータルを見た感じ、主要都市にポータルがあり、町と町の間に村があるようです。
849. 通りすがりの攻略者
姫様じゃん。帝国はちゃんと国してるのか。
850. 通りすがりの攻略者
北は4国ともほぼ直線だったしなー。
851. 通りすがりの攻略者
貴族関係のクロニクルやりたいなら南？
852. セシル
帝国が良さそうだね。なんたら領で分かれてるから貴族多いし。
姫様じゃん。丁度良いや。今度呼ぶかもしれないからよろしく！
853. 通りすがりの攻略者

帝国行ってみっかぁ。
854. 通りすがりの攻略者
よりファンタジーっぽいぜ！
855. アナスタシア
おや、何でしょう？　他にやることが無ければ問題ありませんが。
856. セシル
その前に確認したいんだけど、姫様の設定教えてくれない？
857. アナスタシア
うちの子発表……というボケは置いときまして、世界的な種族設定ですよね？
858. セシル
そもそも姫様言うほどＲＰ勢じゃないでしょう。
物によっては絶対姫様呼んだ方がすんなり終わりそうじゃん？
859. アナスタシア
クエスト関係で私を呼ぶ場合ですか。そうですねぇ……何個かありますが、少し纏めましょう。
860. セシル
よろしく！
861. 通りすがりの攻略者
場合によっては俺らも呼ぶかもしれんな。

862. 通りすがりの攻略者
だな。知っておいた方が便利そうだ。
863. アナスタシア
教会関係
外なるもの。ネメセイア。ステルーラ様の神子《みこ》：2位。
外なるもの
輪廻《りんね》から外れたもの。『ステルーラ様に誓った契約』違反者の断罪。
ネメセイア
死後の世界の王族。『魂に手を出した者』の処理。
最高位裁定者
所謂閻魔《いわゆるえんま》様。ネメセイアは王家の名前であり、私の職業名はこっち。
これが一番可能性が高いもの。後述。
神子
神の愛し子。つまり神々の祝福系称号持ち。神託が云々《うんぬん》。
位は人が勝手に付けたもの。祝福：3位。加護：2位。慈愛：1位。
正直『外なるもの』も『ネメセイア』も、住人には効果が大きすぎますね。外なるものは神々の指示により動くので、彼らが人前に来る＝神罰に近いです。ネメセイアは死後の世界の王家なので、機嫌を損ねると死後がとてもヤバい。そのため、基本的に呼ぶなら神子や、裁定者になるかと。

864.通りすがりの攻略者
多いな……。

865.通りすがりの攻略者
神罰兼閻魔様が町を闊歩《かっぽ》してると思うと、なんとも言えない気持ちになるな。

866.通りすがりの攻略者
何者か知らないのは良いことだ。人間知らない方が良いこともあるな！

867.アナスタシア
>>863
そして裁定者に関してですが、この世界では『召喚』される事があるようですね。

魂を見て、冥府か奈落に割り振るのが裁定者の主なお仕事です。そのため裁定者自体は複数人存在し、私は王家の裁定者なので最高位となっているわけですね。

住人は人類の重要な裁判において、立会人として裁定者を呼ぶらしいですよ。

868.セシル
立会人……か。不正が無いかを見届ける第三者だね？

869.アナスタシア
そうなります。ただ、裁判において『幽世の裁定者を立会人として呼ぶ』という行為は、神々が実際に干渉してくるこの世界では、かなりの効果を持ちます。

基本的には国、または法務省的なところからの指示により、宮廷の魔法使いなどが召喚を行うそうです。

犯人側が不正……この場合は嘘《うそ》をついた時ですね。裁定者の持つ固有スキル《裁定の剣》で斬られます。肉体を傷付けず、魂を斬ります。体を斬られるより痛い。

問題は召喚側が捏造や隠蔽を『国』規模でした場合です。最悪ステルーラ様により、不死者達が攻め落とす事もあるようです。そのための冥府軍。

これらの事から、裁判をする際の『幽世《かくりょ》の裁定者を立会人として呼ぶ』という宣言は、『不正無く、国を懸けて公平に裁く』という意味になります。
870. 通りすがりの攻略者
冤罪《えんざい》だ！　ってなったら犯人側……この段階だと被告人だっけか？　が裁定者を呼べば良いのか。
871. アナスタシア
そうですね。ステルーラ様に連なる者である以上、問答無用で公平に裁きます。裁定者側からすれば地上の国がどうなろうと別に問題はありませんから。
872. 通りすがりの攻略者
後ろめたい事がなければ、呼べば勝てるな？
873. 通りすがりの攻略者
逆に手の込んだ自爆も可能か。
874. セシル

なんか拗《こじ》れて面倒な事になりそうなら姫様呼べば良いんだね？
875. アナスタシア
外なるもので、ステルーラ様の神子で、最高位裁定者である私を立会人として呼んだ場合、楽しいことになりそうですね。ハハハハ、愉快愉快。
876. 通りすがりの攻略者
隠し玉が強すぎた。
877. 通りすがりの攻略者
最終兵器姫様。
878. 通りすがりの攻略者
人間生きてる以上、何かしら心当たりあるよなぁ？　無理じゃね……。
879. アナスタシア
基本的に呼ばれた場合は『その事だけ』で、後は放置ですよ。生前はお前達の問題。

不死者達の管轄は魂……つまり死後ですからね。多少の手助けぐらいはしよう……が召喚です。

裁定者の気分転換にもなりますし？　良い事も悪い事もして魂は灰色……が基本ですから。
880. 通りすがりの攻略者
魂の色って他のゲームで言うカルマ値で良いんよな？
881. アナスタシア
恐らく。私はそう思っていますね。

882. 通りすがりの攻略者
好感度と同じ隠しパラメータか。でも好感度と違って実感はし辛いか？
883. アナスタシア
魂が見れるのは幽世の不死者ぐらいでしょうから、実感する事は無いかと？　カルマによってダメージが増減するスキルを持っていますが、所謂レッドプレイヤー特効みたいなものですし、基本的に気にする必要は無いはずですね。
884. 通りすがりの攻略者
逆に言えば必要になってから慌てても手遅れだな？
885. 通りすがりの攻略者
まあそうなんだろうな。
886. アナスタシア
ちなみに《変装》や《隠蔽》、《気配隠蔽》や《魔力隠蔽》などがありますが、視界に入った時点で魂が黒いと警戒心マックスになりますよ。
887. 通りすがりの攻略者
そうか、隠しパラメータで判断されるのか。
888. 通りすがりの攻略者
不死者相手だと評判よりカルマで好感度変わりそうだな……。
889. アナスタシア

不死者達はその人の本質である魂を見るので、確実に変わります。周囲の評判は良くても、裏で何しているか分からない。評判良くても魂が黒ならアウトですよ。

890. セシル
大体分かった！　場合によっては頼らせてもらおう。

05　土曜日第一

朝一はいつも通りストレッチに型稽古、軽い生産を済ませます。

そして、一旦ログアウトする前に放置していた拡張を済ませましょう。ポイント的に……常夜の城と城下町をⅡへ拡張して、更に異人のリスポーン地点を1個分上げましょうか。

まずはリスポーン地点へ行き、ＵＩをポチポチします。

「おー？」

「お？　ハリボテからこぢんまりとした平屋になりましたね……」

丁度死に戻っていた人と探索。

平屋の玄関部分に賽銭箱《さいせんばこ》があることを除けば、後は普通に家ですね……。

「逆に普通過ぎてコメントがしづらいですね……。まあ次行きましょう」

死に戻りしてた人とは別れ、今度は城下町へ。

城下町のメイン広場、そこにはタワーが建っています。とても大事な役割を持つタワー。常夜の城よりも大事と言えるのかもしれません。

タワーには入り口である門があり、不死者が門番として立っています。しかし、中がどうなっているのか。それは宰相すら知りません。勿論《もちろん》ネメセイアである私も。

「ん……」

「どうした？　……まさか」

「ああ、時が来たみたいだ」

「そう……か。寂しくなるな。また会おう！」

「いつか、また」

　2人の青年の片方が、タワーに向かって歩いていきます。

「時が、来たみたいです」

「では、扉へ」

　高さ4メートルほどの、素材不明な扉です。基本的には誰も開けることはできません。唯一開けられるのが、『時が来た』人のみ。

　青年が扉に触れると、ゆっくりと扉が開きます。中に見えるのは上へと登る階段。

「穏やかな眠りと、良き旅を」

「ありがとう」

　青年は一度振り返り手を振って、中へ入っていきました。それと同時に扉が閉まります。

　時が来た人しかそもそも開けられないので、門番である不死者達は見送りと確認、それと説明役ですね。

　時が来た人が開けた時に便乗しようとする人はいません。どうなるか分からないからです。

なぜならこのタワーは……輪廻《りんね》転生が行われる、星幽《アストラル》へと通じる門。

命の危機どころの話ではなく、魂の危機です。ふざけて試せることではありません。蘇生薬《そせいやく》がある世界ですが、魂となると話は別ですからね。

魂の消滅こそが本当の死。転生すら許されない大罪を犯した者に与えられる神罰。それが魂滅《こんめつ》。

それこそが神の御業である《消去する灼熱の鎖《アフォーゴモン》》であり、ステルーラ様の許可がない限り使用不可。完全にイベント絡みのスキルです。

まあつまり、彼は輪廻転生の時が来たということですね。それなりに見る光景です。中には家族で一緒に……なんてこともあります。

新しい魂がすぐに来るので、目に見えて人数が変わったりはしません。

それはそうと、城下町の強化を行います。改修作業と言った方が正しいかもしれませんね。ポチッとすると光が伝わり、ひび割れていた壁やすり減っていた道などが綺麗《きれい》になりましたね。

民間霊魂達に見送られ、今度は常夜の城の門の辺りでポチポチして改修。新築とはいきませんが、ボロボロというより歴史を感じる状態へ。

これでポイントがなくなったので、またしばらく放置ですね。


一旦ログアウトして、朝食諸々を済ませログイン。

「サイアー、お茶の木が育ちました」

「お、では早速見に行きましょう」

お茶の木を植えた離宮の裏にある畑へ向かいます。

「ようこそサイアー」

「葉が採れるようになりましたか」

「ええ、ただ……案の定変質していますが」

確認してみますと、しっかりばっちり変わっていますね。品種が違えば適切な環境が違うでしょうから、当たり前と言えば当たり前か。育っただけマシ？

植えたのはダージリン、ウバ、キーモン、アッサムです。フレーバーテキストに味が近いものとして書かれていた、あくまで『ぽいもの』ですが。そう、チャノキと言えばカメリアシネンシス。ダージリンやウバは品種ではなく産地の名前。緑茶、烏龍茶《ウーロンちゃ》、紅茶の違いは発酵度合いの差。

しかし、これはゲーム。しかもジャンルはファンタジー。リアル通り行くはずもなく。仕様の確認のためにも、とりあえず飲まずには始まりません。

あれ、これ加工前の葉っぱじゃないですか。それはそれで困りますね。サバイバルの時にリーナが加工済みで入手していましたが、イベント仕様？　もしくは何らかのスキルですか。《採取》系は妹も持っているでしょう。妹の持っていない生産スキルかつ、影響がありそうなものと言えば《料理》ですか。

ん、選べますね。緑茶より紅茶派。加工済みが採れました。全ての木から加工済みの茶葉を採取しておきます。気にいるかはともかく、とりあえず溜《た》めておきましょう。エリー達に分けても良いですし、お菓子にも使えますからね。

紅茶をいれるプロ、専属侍女エリアノーラに茶葉を渡して後は任せます。ポイントで交換していた茶葉の方を何回かいれてもらっているので、大丈夫でしょう。

エリアノーラは茶葉を持って離宮へ移動したので、残っている庭師から話を聞きます。

「品質としてはどうか分かりますか？」

「上々と言いたいところですが……変質したばかりなので、まだムラがあります。本来でしたらまだお出しできるような物ではありませんね」

「採れるようにはなったけど、落ち着くまではもう少しということですね？」

「そうなります。もう少しすれば魔力が安定するでしょう」

言われて見てみると、確かに木の中を流れる魔力に揺らぎがありますね。これが落ち着けば魔力が安定供給され、品質が落ち着くということでしょう。

「それにしても、随分と多い魔力量だ。よもや霊樹になったか？　一応宰相に報告しておくか」

「霊樹ですか？」

「保有魔力が他に比べ多い木ですね。杖《つえ》として重宝されます。代表格はトレント」

動植物は少なからず魔力を持つ。木は何かと便利で様々なことに利用されるけど、その中でも魔力の多い霊樹を加工して杖にすることが多いと。

「霊樹の杖は高級品です。トレントとかは反撃してきますから」

「伐採《ばっさい》に一苦労ですか。まあ、茶葉目的なので伐採はしませんけど。引き続き管理を任せますね」

「お任せを」

木は任せて運ばれてきた紅茶を試飲します。

「土地のマナ濃度が高いため霧散しづらいですが、道具も魔力品を用意するべきですね」

「霊樹な以上、葉も魔力を持ちますか。魔粘土で作れば良いでしょうか。まあまずは味です」

「右からダージリン、ウバ、キーモン、アッサムになります」

「どれどれ…………ん？」

ダージリンから味見していきますが……どれも変わっていますね。

「恐らくですが、この土地は太陽がないからかと」

「あー……常に月でしたね。おかげで魔力回復系の魔草は育ちが良かったですが、ここで障害が出ましたか。とは言え不味いわけではないので、品種が増えたと思えばこれはこれでありですかね」

香りは良好。色合いは薄く。味もさっぱり系に。

「全体的に香りが伸び、味が失われましたかね……。アッサムの特徴である濃厚さが死んだ。逆にウバは生きましたか？　ダージリンとキーモンも悪くありません」

アッサムが死亡。ウバの独特な香りがより強調。ダージリンとキーモンは悪くないけど、少々味の薄さが気になる……でしょうか。

ん～……ん？　全体的に渋みを感じませんね。となると……。

「蒸らす時間を少し伸ばしてみましょうか。全体的に渋みを感じないので、その分長く味を出してみましょう。これらの品種はその方が美味しいかもしれません」

「畏《かしこ》まりました」

ゲーム故、お腹がタポタポになる心配がないので、試飲し放題です。最悪今の香りさえあれば、味部分は何かしらブレンドするなり、お菓子で工夫する方法もなくはありませんからね。どうにもならなそうならそうしましょう。

再びやってきた紅茶を試飲。どうやら方向性は合っていたようですね。この品種をいれる時は全体的に遅めにしてもらいましょう。

「うん、これなら十分ですね。アッサムを除けば……」

「アッサムはこれでもダメですか」

「重厚感というか、軽くなってしまったんですよね。あの濃厚さを期待して飲むとダメですね」

一番良い変化だったのがウバ。続いてダージリンでキーモンの……アッサムですかね。後は魔力が落ち着いてどうなるかです。

とりあえず、エリー達を呼びましょう。そして来る前にバタバタと木の見える位置にセッティングします。

〈エリーザが訪問してきました〉
〈アビーが訪問してきました〉
〈レティが訪問してきました〉
〈ドリーが訪問してきました〉

メイドさんに案内されてやってきました。

「来たわよ」

「おはようです！」

「ようこそ、我が居城へ！」

「今日の主役は木？」

「はい。茶木です。ぶっちゃけただの木」

セッティングしといてあれですが、見て面白くもなんともありませんね。葉っぱ毟《むし》って加工してるだけで、物はただの木ですから。

まあ、そんなことより試飲です。

「アッサムが残念です……」

「ウバ、ポイントで貰《もら》ったのより美味しいわ」

2人の評価も私と同じでした。

「キーモン欲しいです！」

「ダージリンかしら。ウバも少しだけ欲しいわね」

ただまあ、どれが欲しいかはまた別の話。こちらは完全に好みの問題ですからね。とりあえず試飲の残りを渡しておきます。いれ方はメイドさんに聞いてください。

エリー達に茶葉というお土産を渡し、見送ります。

さて、ラーナのところでも行きましょうか。

【水面の型】は平日に通って覚えました。後はどれだけ使いこなせるかです。

「ようこそサイアー。訓練ですか？」

「【水面の型】使いこなしたいですからね」

「お手伝いいたしましょう。近距離ですか？　遠距離ですか？」

「今日は遠距離で」

「ではそのように」

訓練場にいる遠距離の人に協力してもらいます。ラーナによると私の訓練に付き合うことも訓練になるようなので、遠慮なく付き合ってもらいます。まあ、そもそもＮＰＣなのですが、それは言わないお約束ですかね。

【水面の型】は全てを受け流し反射して、水面のように元に戻る……のが由来だそうです。

型ですが、Ｅｘが上がっていくほど曖昧になっていくようですね。より自然体に近づいていくというべきでしょうか。全ての体勢から全ての行動へ無理なく移行できるよう最適化される。《古今無双》以外の型は知りませんが。

反射するには刀身を飛んできた物に当てるだけ。つまり《危険感知》により表示される赤いラインの場所に刀身をスタンバイさせておくだけです。

ただこれはあくまでも『反射するだけなら』ですけどね。反射した物を当てられるかはまた別の話です。隠しで反射命中率補正がある感じはしてますけどね。

それはそうと、1個1個スタンバイさせていたら、1対1しか対応できなくなってしまいます。そして何より優雅さが足りない。

ここまで来たらもはや目指すはジェ◯イでしょう。近接・反射においてイメージするのはあれです。ダメージソースが魔法と触手ということは変更なしで良いでしょう。

あれをできるようになるために練習あるのみです。くるくるしましょうくるくる。

「やはりサイアーの戦闘スタイルは《古今無双》よりも、《感知》と《看破》が主軸ですね。これらを上げることで安定感が増すでしょう」

「そう……ですね。空間把握で全体を見つつの《危険感知》と《直感》なので」

「3次スキルで《未来予知》と《第六感》です。加護を戴いているサイアーでしたらもしくは……」

ふふふ、実に楽しみですわ」

ほほう？　3次は《未来予知》に《第六感》ですか。そしてステルーラ様の加護が影響あるかもしれないと？　関係あるとすれば時空と運命の顔でしょうね。

まあそれは置いときまして。さあ、楽しく訓練といきましょう。

お昼のあれこれを済ませてログイン。何しましょうかねー？　……迷ったらとりあえず町を歩きましょう。ということで始まりの町へ。

お、馬車が止まっていますね。このゲームは基本的にはリアル寄りです。町の中を商人の馬車が走っていたり、お店の前に馬車が止まっていたりします。在庫切れがある流通システムなので、この辺りも凝っているようですよ。しばらくすると補充されてるらしいですからね。

おや、お掃除ですか。ご苦労さまです。

町の中央にあるステルーラ様の立像は、毎日シスターが【洗浄《クリーン》】で綺麗にしているようですよ。

教会のお仕事というかボランティアというか。

ちなみに教会の立像と町中央の立像、実は違うものなんですよね。教会の礼拝堂にある立像は、4柱とも白い石素材のような物で作られています。それに比べ町の中央にあるステルーラ様の立像は、灰色の陶磁器のような見た目なのです。

恐らくというか、この世界だと確実に意味があるのでしょう。ステルーラ様の立像が単品で置かれているのはおかしいですからね。旧大神殿エリアの大神殿は、ステルーラ様の立像単品置きが原因だとか言ってました。では町中央のは？

ポータルとして機能している以上、ステルーラ様の『時空と運命』の顔に限定することで、アンデッドホイホイを避けているのでは……とは思います。

色か、はたまた素材か、それともその他の製造法に違いがある場合もありますが。ルシアンナさんにでも聞けば教えてくれそうですが……まあ良いでしょう。さすがに雑学過ぎますからね。

「いっつって！　カメエエエッー！」

歩いていた男の人が小指《きゅうしょ》をぶつけたようですね。……下をノシノシ歩いていた亀のプレイヤーに。

「ごめんて。許してちょ」

「いいですとも！」

「エクスデスなのかゴルベーザなのかはっきりしろ！」

「お、ちゃんと通じてた」

「でも俺はドラクエ派」

「なん……だと……？」

「ザワ……ザワ……」

「いや、混ざり過ぎだわ」

「ウハハハ。パワーをメテオに！」

「いいですとも！」

ノリが良いですね。

あ、フレンド登録して狩りに行った。意気投合してしまったようですね……。

しかし亀のプレイヤーですか。何だかんだ、たまに感知範囲《しかい》に入りますね。タートル系は見た目通りタンク向けです。盾は装備できませんが《防御》系アーツが使えるんでしたか。まあ、自前のが背中にありますからね。

お、2対天使だ。40レベのパワーで翼が2対になるようですね。

こうして広場で見ているだけでも面白いものです。皆さん格好が案外違いますし、種族も沢山いますからね。本当に違う世界にいるようです。どこに狩りに行くかと、楽しそうに話していますね。

さて、私はどうしましょうか。やっぱり3次スキルを目指して狩りですかね。そろそろ戦闘一筋組は3次に入っている人もいそうです。

私の場合、3次到達一番乗りは《高等魔法技能》ですかね。どう考えてもSP足りないんですよこれが。《閃光魔法《せんこう》》と《暗黒魔法》は主力なのですぐに3次にしたい。《高等魔法技能》も主力と言えば主力なので上げないと。それと《危険感知》と《直感》もですね。《聖魔法》と《影魔法》はまだまだかかるでしょう。6個のパッシブスキルも2次を控えています。

そういえば種族スキル、なにか良いのありませんかね。《狂気を振りまくもの》の使い勝手が悪過ぎる。無差別テロ状態なんですよ。

お、人外系共通種族スキルではなく、ちゃんとした種族スキルが不死者から外なるものに変わっていますね。人外共通より種族限定の方がSP安いので、こっちから取りたいところです。

……良いのあるじゃないですか。これ取りましょう。

《未知なる組織》
接触した対象にランダムで種族依存の状態異常を付与する。
状態異常付与：爛《ただ》れ、腐蝕《ふしょく》、萎縮／収縮、回復不能。

爛れは酸による攻撃系で発生する状態異常ですね。問題はそれ以外。ヘルプにはなかったような……いや、確か公式のアプデに――。

・ヘルプの状態異常が、全プレイヤーの進行度に応じて更新されます。
具体的にはその状態異常を受ける、またはその状態異常にするスキルの取得。

――書かれていましたね。まあ、所詮ヘルプなので細かい仕様までは書かれないため、結局検証班のWikiを見ることになるでしょうけど。
とりあえず、取らないと内容は分からないわけですね。これを取れば周りを気にせず、状態異常確率を上げる《魔素侵食》も上げられるはず。取るとしましょう。
人外共通種族スキルで、欲しいものを1個1個取るよりマシなはずです。

〈〈ヘルプが更新されました〉〉

爛れ
酸系統の付着により皮膚が爛れた状態。
原因に触れている間スリップダメージを受け、爛れた箇所が動かしづらくなる。
腐蝕
何らかの原因により侵蝕され、皮膚や金属が腐り落ちるとても危険な状態。
原因に触れている間スリップダメージを受け、同時に最大HPも低下する。
対象が生物の場合『出血』付与。対象が金属系の場合『錆《さ》び』付与。

萎縮
　有機物系限定。何らかの原因で細胞が縮んだ状態。被弾部位によりペナルティ。
収縮
　萎縮の無機物系限定バージョン。
回復不能
　何らかの原因で、全ての回復効果が無効化されている状態。
錆び
　錆びている箇所の防御力低下。
出血
　体から血が失われている状態。
恐怖
　相手に恐怖している状態。恐怖している相手に与えるダメージが減る。
狂気
　正気を保てない状態。自動で近くの者を襲い始める。

　爛れと出血は元々ありました。爛れは確か毒薬の酸バージョン云々《うんぬん》で公開されたはずですね。

　ちなみに恐怖と狂気は、《狂気を振りまくもの》で付く状態異常です。

　《未知なる組織》の説明を見る限りとてもいい感じですが、肝心なのは仕様です。肝心な部分が書かれていないので、なんとも言えませんね。効果時間とかダメージ量とか！

「へい、姫様！　どうせ君だろう？　君なんだろう？　是非検証しよう」

検証が必要です。

野生の調べスキーが現れた！

「なぜバレたし」

「ええ？　状態異常って言えば姫様でしょ？　それに人外系だと姫様が一番探すの楽。目立つし、個人板見れば大体分かる」

「あ、はい。種族スキルにあったの見逃してたので取ったんですよ。検証しようかと思っていたので丁度良いですね」

「よしきた！」

町中だと自動回復で検証どころではないので、町の外に出て行います。結構付いてきてますが、検証なので見てても楽しくはないと思うんですけどね……。

「へいかもぉん！」

ＰｖＰである決闘機能を使用しての検証です。でないとレッドプレイヤーになってしまいますからね。

まず重要なのは発動条件です。調べスキーさんをペタペタして試します。

「ふむ……爛れは一緒だな。そして剣では発動しない。姫様の体に触れる必要があり、鎧《よろい》、服、肌の順でかかりやすくなると。つまり粘液系の状態異常だな？」

状態異常を与えるスキルでも、数種類分類できます。

武器や鎧など、身に着けている物越しでも効果が出るオーラ系。

直接接触が必要な粘液系。具体的にはスライムなどがそうですね。

特定部位のみでの器官系。こちらは蛇の毒牙などです。

《未知なる組織》はスライムとかと同じ判定……っと。《闇のオーラ》のように武器では効果がないわけですね。つまりパリィでも状態異常は付かない。

しかし、現状そこは問題ではありません。重要なのは触手で状態異常が与えられるかを試すべきなのです。

「うおっ触手だと⁉　ヤバい達する達する！」

「『男エルフの触手プレイ⁉　誰得だ⁉』」

「待って、感覚なくなってきた。これはいかんよ。なんだ？」

調べスキーさんに見慣れないアイコンが付いてますね。

「ふぅむ……これが萎縮か。麻酔打たれた感じになってるな。萎縮発生時にダメージあり。継続ダメージはなし。ステータスの低下か？　おっおっ？　待て待て待ていっぱい付いたあああ！」

おー……爛れ、腐蝕、萎縮が付きましたね。腐蝕が付いたことで出血もおまけ。爛れと萎縮の状態異常レベルが上がってく。

「この触手えっちじゃないよ！　ガチでヤバいやつだよ！」

「まあ、クトゥルフ系の触手ですからね……」

「ＨＰがゴリゴリ減るんじゃー！　というか、これじゃ単体の性能が分からんな。確実なのは放置して全部付くとマジで死ねるな」

「ふむぅ……最大ＨＰもゴリゴリ減ってますね。とりあえず解放して……お？」

「回復不能だと⁉　10秒か……ん？　この状況死ぬのでは？　深度がまずい。粘液系だから……【洗浄《クリーン》】か。とりあえずこれで悪化はしない」

状態異常チャンスは器官系が一番低く、粘液系が続き、オーラ系が一番高いです。成功率は逆になります。蛇とかに噛《か》み付かれるとほぼ確定らしいですね。しかも最初からレベル高い。

そして粘液系ですが、原因である粘液などを【洗浄《クリーン》】などで綺麗にしないと状態異常レベルが上がっていくようです。つまりこの世界のスライムは強い。

他2つに比べオーラ系はなりづらいのですが、何分桁違いにチャンスが多いので、やっぱり強い。ただこれ、本来高位種族用なので高レベルスキルです。

よくある状態異常の蓄積値がありそうですね。

調べスキーさんは状態異常レベルの上昇を防ぐために【洗浄《クリーン》】を使用。回復不能状態でも【洗浄《クリーン》】は問題なし……と。回復行動ではなく、洗っているからでしょう。【飲水《ウォーター》】で洗っても効果あるらしいですが、【洗浄《クリーン》】の方が早いし楽。

「減りがエグかったわ……。【キュア】で腐蝕が取れれば最大ＨＰ減少状態も解除されるが、当然ＨＰは減ったままか」

「ゲームだからまだしも、腐蝕とかリアルだと切断案件ですよね」

「頭とか胴体なったら絶望的だろうねぇ……」

ちょくちょくダークファンタジーがチラつきますよね。

その後ももう少し検証。

状態異常確率は爛れが一番なりやすく、次に腐蝕が続き、萎縮がきて、回復不能が一番低い。

「ふーむ？　なんか判定3回ぐらいありそうだな……じゃないと確率が……」

「そんなにですか？」

「まず、状態異常が成功するかどうか。成功したら1個、どれが付くか。で、粘液系だから付着時にまたそれぞれ付くか判定してる……はず？　複合毒はこの挙動なのかな……。多分状態異常だけで見れば、一番強いのは粘液系」

「付着からの継続判定はエグいですね」

「スライムは魔法で消し飛ぶけど、取り付かれるとやばいからね。粘液系は《投石》系で唯一飛ばすこともできるけど、弾速遅いし、落下もするから難しいらしい」

「ああ、飛ばせるんですね」

「うん。何が言いたいかというと、触手ちゃんエグ過ぎない？」

「触手そのものの攻撃力が少々不満でしたが、この方向で伸ばしましょうか。感染経路としては最高では？」

「状態異常にする手段としては最高だろうね……。そう言えば、フィーラーカルキニオンも状態異常持たせたらかなり化けたとか言ってたな……」

「ああ、触手ヤドカリですか。手数ありますし、触手だと粘液系ですか」

「そ。まあ、姫様みたいに空間から突然出てこないけどね……」

「多分本体の触手です。ほら、皆さんも分裂しましょう？」

「無茶言いおるわ」

粘液は【洗浄《クリーン》】または【キュア】で剝がれます。【キュア】だと状態異常をどれか解除しつつ、状態異常の原因となっている物を剝がしてくれるので、中々便利。むしろ【キュア】で原因が解除されないと、先に【洗浄《クリーン》】が必須になるのでかなり面倒なことに。

魔法で攻撃しながら、アサメイでパリィか反射しつつ、マクロによる触手で妨害と状態異常付与ですね。

状態異常確率を上げる《魔素侵食》と、《未知なる組織》の上げがいがあります。

む、検証班が2人増えました。

「出血分を抜くとして……火傷、凍傷、爛れは同じダメージだけど、腐蝕の方が微妙に強いな」

「最大HP低下は腐蝕で受けたダメージ分がそのまま減るようだな。【キュア】で腐蝕が治ると解除されるが、腐蝕が時間で解除されるとHP低下は残ったままか」

「回復不能は回復系統の魔法を無効化。ポーションも無駄。【洗浄《クリーン》】は有効。【飲水《ウォーター》】などで洗浄も可能か。呪い系の上位と見て良さそうだ。効果を上げて時間を短くしたバージョンだな」

本当に楽しそうに話していますね……。同類が増えて検証が捗る。

「なるほど、萎縮のステータス低下は部位系だな」

「つまり低下率はかなり高い。見た感じ萎縮自体の確率が低めだが、粘液系だから油断ならんな」

全ステータス低下の衰弱は、低下率が低めです。それに比べ、被弾箇所限定のステータス低下系は、低下率が高めなようですね。

私は状態異常にする側なので、実はそこまで詳しく知りませんでした。今回は丁度良いと言えば丁度良いですね。

「腐蝕は肉体系で、萎縮と回復不能はその他でいいか？」

「「異議なし」」

あ、そう言えば……《活性細胞》に、特殊系状態異常って単語がありましたね。

「調べスキーさん」

「なにかな？」

「特殊系状態異常という分類があるらしいですよ？」

「「「詳しく！」」」

「あいにく私も詳しく知りませんが、《活性細胞》というスキル効果に『被特殊系状態異常の効果を半減させる』というのがありましてね」

「検証、しよっか」

にっこり笑顔ですね。まあ、私も気になるので構いませんが。

「さてまずは……脱ごうか。はいローブ」

「あ、はい」

スキルの効果を検証するには素っ裸&所持スキルを控えが安定。とは言え、今回は状態異常系なので、スキルまで控える必要はありませんね。

《活性細胞》を有効にしたり無効にしたりしながら検証します。

「なるほどね。確かに特殊と言えば特殊か？」

「まあ、要するに行動阻害系だな？」

「あれ？　そもそも、《下級の独立種族》に全状態異常無効ってあるはずなんですが、特殊系状態異常は効くんですね」

「「「…………実に興味深い」」」

「姫様今日の予定は？」

「特には。いつも通り狩り行こうかなぐらいなので」

「楽しい楽しい検証しましょ？」

「まあ、構いませんけどね。私も何を警戒すれば良いのか分かりますので」

「よし、呼ぼうか」

「「おう」」

検証班が更に増えた。というか、来るの早いですね。

「『姫様協力と聞いて』」

「とりあえず持っている全ての状態異常系を姫様に当てろ。通ったやつが特殊系の可能性大」

「『よしきた！』」

地味に防御系スキルが育ちますね。

「姫様まさか、《高位物理無効》持ってる？」

「魔法も持ってますよ。レベル低いですけど」

「軽減と無効で微妙にエフェクトちげーな？」

「近接攻撃した時の感じも違うね」

「『実に興味深い』」

敵のスキルは分からなくても、エフェクトである程度分かるんですかね。ゲージ減らないので、無効は一目瞭然ですけど。

「あ、そうだ。姫様、自分に萎縮試そうか」

「自分に効くんですかね？」

「粘液出せる？　出せるなら瓶に入れるとアイテムになるんだ。それ投擲《とうてき》すれば効果出るはず」

どうやら人外系の小銭稼ぎとして使われるようですね。調合しなくても自分が出せばいいので、状態異常系のアイテムは大体人外系が委託に流しているようです。

試してみましょうか。表面の状態を変えられることは分かっているので、ヌチョヌチョ状態で出現させます。デロンとしてるのを瓶に採取……しないで触れてみれば良いのでは？　まあ、アイテムになるかだけ見ますか。

とても粘り気の強い、赤黒く泡立つなにかが瓶に入っていきます。

［毒物］　破局なる生　レア：Ｌｅ　品質：Ｃ
爛れ、腐蝕、萎縮／収縮、回復不能を付与する可能性がある粘度の高い液体。
外なるものの組織体で、地上にはない未知の成分で構成されている毒物である。
生物の肉体を蝕《むしば》み、生命を破局へと誘う。
状態異常付与（投擲）：爛れ、腐蝕、萎縮／収縮、回復不能　Ｌｖ１／５ｓ
状態異常付与（内服）：爛れ、腐蝕、萎縮／収縮、回復不能　Ｌｖ３
液体粘度：大

「暗殺イベントとかで出てくるレベルの毒では？」

「なにこれエグ過ぎて草」

「イベント専用アイテムレベルの性能よな」

「それに毒物ジャンルも初めて見たな」

（投擲）が掛かった時、（内服）が飲んだ時の効果ですね。液体粘度は小が水レベルだとか。

付与する状態異常レベルが３未満だと［劇薬］で、３以上だと［毒薬］になるそう。更に何かしらの条件があり［毒物］になると。

「ねぇ知ってる？　劇薬より毒薬の方が毒性が強く、劇物より毒物の方が毒性が強いんだよ」

「そうなんですね。ちなみに薬と物では？」

「そもそも分類が違うんだけど、一応ＬＤ50っていう共通の基準で見れる。内服の場合だけど、劇薬と劇物が同じぐらいで、毒物より毒薬かな。ちなみに毒薬と劇薬では10倍近く違う」

「雑学が増えました」

「まあこのゲームの分類では、現在［劇物］と［毒物］の条件が不明さ」

飲んだ場合が基本的に強いらしいですが、当然口を狙わないといけません。飲んだ場合は掛けた場合より成功率が跳ね上がり、【洗浄《クリーン》】が効果なくなり、【キュア】系または解毒薬を飲むの二択だそうです。

始まりの町の門を出たところなので、検証班の人にウルフが釣られて口に放り込まれました。

「うわ、全部のレベル3ついた……」

破局なる生が口に入ったウルフはのたうち回り続け、死体が溶けるように朽ちてポリゴンになりました。

「うわ、死体まで消えた。説明通りの演出か」

「まあ、ダメージ系のレベル3があんな付けば耐えられんわな。萎縮でステータスも下がるし。にしても、他の毒と微妙に仕様が違うな？」

検証班はスライムの人や、植物系のクレメンティアさんと検証したこともあるようです。この時に分かったことらしいですが、人外種が『自分の状態異常能力で敵を倒す』のと、『状態異常系アイテムで敵を倒す』のでは処理が違うようです。

状態異常系アイテムを使用して倒すとドロップ品の品質が下がる。お肉なんかは使用した状態異常がついてることもあるとか。それに比べ人外系能力はその辺りの劣化がないらしい。ただし、自分が持っていない状態異常系アイテムを使用すると劣化する。そのため、自分由来の毒素は除去が可能なため劣化しない……という認識をしているとか。

これが状態異常系アイテムに関する現状での前提知識。

では破局なる生ではどうなるか……というと。

《解体》が効かなくなり、ドロップ品が劣化する。しかし毒としての能力はとても高い。毒としての能力がとても高いからこそ、ドロップ品が尋常じゃないほど劣化する……と思っても良さそうですが。

実際私がウルフと触手で戦ってみると、通常通りでした。良かった。《狂気を振りまくもの》と共に控えの住人になるところでした。

「経験値だけが目的なら姫様の組織はありか？」

「我々が把握してる生産者が姫様だけだし、毒の能力的にも値段半端ないぞ？」

「その経験値もベースと《投石》系だけだ。実用性皆無ではないか？」

「ドロップがゴミのイベント戦で、どうしても突破できない時のお供は？」

「それならありだろうが、今のところそんな情報は入ってないな」

「新人達なら東西南北のボスまだいるだろ。あいつらに多少楽できるんじゃね？」

なんていうか、うん。検証班ですね。

ちなみに『自分に効くか』ですが、答えは『効く』です。萎縮が特殊で回復不能がその他です。

まあ、自分が持っている状態異常は無効化……とかしてしまうと、お手軽に状態異常無効を取れてしまいますからね。

「この辺のデータは姫様固有なので、姫様に渡して破棄」

「残りは後で纏《まと》めてＷｉｋｉに載せよう」

「『最高に有意義だった』」

それなりに時間を掛け、検証を終わりにします。

《活性細胞》はバインド系で発生する拘束、水にあたった時の濡《ぬ》れ、凍結。これらの効果時間が半減。そして転倒時の防御低下率に影響があることが分かりました。

つまり現状分かる拘束・濡れ・凍結・転倒は、全状態異常無効で無効化されない特殊系状態異常として、枠組みが移動されました。

「欠損も特殊と言えば特殊か？」

「あれはそもそも、なる種族が限られてるからなー」

「私もなりますよ」

「全状態異常無効の管轄外か。まあ、物理的に飛んでるもんな？」

「特殊系も結構物理的ですからね……」

「ノックバックやアンバランスも効いてるが、《活性細胞》が効果なしということで、その他のままで良いな」

「『異議なし』」

「《活性細胞》以外にそれ系があったら再び検証ということで」

「『おう』」

「じゃあ姫様お疲れ！」

「お疲れ様です」

「『またよろしく！』」

装備を戻してローブを返します。そして解散。中々有意義でした。

拘束系は注意しなければ。凍結があるなら、恐らく石化もそうでしょう。凍結があって石化がないとは思えません。

注意しようにもバインド避けるのはほぼ無理なんですけどね……。とりあえず当たったとしても《活性細胞》で半減、エイボン書の【アンチスペル】により更に減るので、実質半分以下の効果時間になっているようです。

安心安全を目指すなら耐性系スキルを取るしかなさそうですね。解放条件知りませんけど……。

さて、狩りでも……いやなんとも言えない時間ですね。

んー……夕食までリアルの体でも動かしましょうか。よし、そうしよう。

■公式掲示板４

【筋肉祭り】総合武闘雑談スレ　94【開催！】

1. 名無しの達人
ここは総合武闘雑談スレです。
近接関係の雑談はこちら。
各スキル個別板もあるのでそちらもチェック。
前スレ：http://＊＊＊＊＊＊＊＊＊
総合魔法雑談：http://＊＊＊＊＊＊＊＊＊＊＊
総合生産雑談：http://＊＊＊＊＊＊＊＊＊＊＊
>>940　次スレよろしく！

831. 名無しの達人
マッスルマッスルー！

832. 名無しの達人

キレてるよー！
833. 名無しの達人
やかましいわ！
834. 名無しの達人
肉達磨は置いといて、流派の進捗はどうですか。
835. 名無しの達人
何ヵ所か見つかってるようだな。俺も実際に行ってみたけど、中々楽しいぞ。
836. 名無しの達人
アクション感増すよな。結構おぬぬめ。
837. 名無しの達人
まあ、覚えるのが中々大変だけどな。
838. 名無しの達人
そうな。慣れるまで大変だわい。
839. 名無しの達人
そして確信したが、姫様のは間違いなく流派系。
840. 名無しの達人
ですよねー！
841. 名無しの達人

あの受け流しと反射は、型じゃないとクールタイム的に無理よな。
842. 名無しの達人
だな。バインド系が弱点だが、フリフォで速攻抜け出してたな……。
843. 名無しの達人
ゲーム的にも連続でかけると一時的に耐性つくしなー。
844. 名無しの達人
嵌《は》め対策だろうからな。
845. 名無しの達人
当然バインド系が弱点なのも承知の上だろうし、対策もするよな。
846. 名無しの達人
その対策が現状謎なんだけどな！
847. 調べスキー
姫様の師匠は狩り物で出てきた剣姫らしいよ？
848. 名無しの達人
お、マジか変態！
849. 調べスキー
さっき教えてもらったからねー。
850. 名無しの達人

冥府とか行けないんですがそれは……。
851. 名無しの達人
さすがに冥府限定はずるない？
852. 名無しの達人
限られすぎてるからな……。
853. 調べスキー
詳しくは聞いてないから知らん！
854. 名無しの達人
そこ聞くのが役目でしょ⁉
855. 調べスキー
別のこと取材してた時の雑談だったからなー。
856. 名無しの達人
姫様の流派なんだが、《古今無双》じゃね？
857. 名無しの達人
詳しく！
858. 名無しの達人
帝国で超有名の流派らしい。軽く聞いた感じ大英雄の流派とか言ってた。
859. 名無しの達人

……ほぼ確定では？
860. 名無しの達人
えっと……狩り物の時の《識別》ＳＳは……。
861. 名無しの達人
ディナイト帝国にて剣姫と呼ばれ、国民に愛された大英雄のグラーニン公爵夫人。
862. 名無しの達人
うん、確定ですよね。
863. 名無しの達人
帝国にもあるのかー！
864. 名無しの達人
でもぶっちゃけた話、あの流派使いこなせる気がしないのでスルーで。
865. 名無しの達人
それな！
866. 名無しの達人
それな……。
867. 名無しの達人
悲しいけど、人間には得手不得手と言うものがだな……。
868. 名無しの達人

でも姫様と剣姫、動きが違った気がするから、多分姫様と違う型があるぞ？
869. 名無しの達人
あー……でもあれ、入門かなり厳しそうじゃね。
870. 名無しの達人
それはあり得る。
871. 名無しの達人
結局流派入門条件はまだ不明？
872. 名無しの達人
不明だな。ぶっちゃけ分からん。
873. 名無しの達人
無難に所持スキルやスキルレベル、ステータスだとは思うが。
874. 名無しの達人
場合によっては評判とかな。
875. 名無しの達人
あー、好感度も有り得そうだなぁ。
876. アナスタシア
私の流派はお察しの通り《古今無双》ですよ。

地上の流派は劣化してるっぽい事が仄《ほの》めかされてましたが、まあ育てて行けばクエストなりあるのでは？　私が作ったわけではないので、そこまでは知りませんが。
そんな事より、こんなスキルがあったことをお知らせです。
877. 名無しの達人
お、姫様。ってこ、これは……！
878. 名無しの達人
《蛇腹剣》だとぉ⁉
879. 名無しの達人
ロマン武器じゃないか！　欲しい！
880. 名無しの達人
解放条件が割と鬼。
881. 名無しの達人
《刀剣》と《縄》を同時に取る変態そうはいないじゃろな……。
882. 名無しの達人
つまり姫様は……？
883. 名無しの達人
種族の時点で今更だ。
884. アナスタシア
失敬な！

885. 名無しの達人
まあ、うん。ところでこれさ。スキル解放しても肝心の武器用意できんの？
886. 名無しの達人
そういや、蛇腹剣作れんのか……？
887. 名無しの達人
武器無いとスキル機能しないんですがそれは……。
888. 名無しの達人
姫様は……これアサメイぶん回してるのか。魔力刃だしな？
889. 名無しの達人
おっちゃんと相談か。
890. 名無しの達人
そうなるなぁ。
891. 名無しの達人
おっちゃん……ありがとう。夢が叶《かな》ったよ。そこで俺はこのスキルを提供しよう！
892. 名無しの達人
《魔装》……とな？
893. 名無しの達人
これは……所謂《いわゆる》魔法剣か⁉　再びロマンスキル来た！

894. 名無しの達人
　って、これも解放条件あれだな？
895. 名無しの達人
《蛇腹剣》よりマシじゃね……？
896. 名無しの達人
2次《属性魔法》30以上＋《付与魔法》＋《高等魔法技能》30以上＋100回魔法付与を試みる。
897. 名無しの達人
　これ近接スキルがトリガーに無いんだな？
898. 名無しの達人
武器に魔法を纏《まと》わせる技術と、剣の腕はまた別って事やろな。
　って、じゃあ分類的には魔法じゃねぇか！
899. 名無しの達人
ああ、そう言われるとそうか。とりあえず魔法板にも情報やっとくか。
900. 名無しの達人
まず《蛇腹剣》は武器本体を入手できるかという最大の問題があるな。
それに比べ《魔装》はまだ楽だが、検証はまだまだ？
901. 名無しの達人
取ったばっかだが多少は検証した。

自分が持ってる属性から選択して武器に纏う。威力はボールぐらい……。
見た目通り魔法のダメージ直後、武器によるダメージが入る。
《魔装》使用時にＭＰ消費。継続時間のゲージと残りヒット数が表示される。
何が何依存かはさすがにまだ分からんな。
902. 名無しの達人
ボール……ボールかー……。
903. 名無しの達人
スキルを見る限り、スキルレベル上げないとマジでただのロマンスキルだな。
904. 名無しの達人
スキル以外だと要求は普通に魔法ステータスかね。それだと確かにちょっとあれか。
905. 名無しの達人
スキルの補正がどんなもんか……だな。
906. 名無しの達人
精神上げるか、せめて知力上げるかしないと最大ＭＰも低いからねー。
907. 名無しの達人
あ、使うなら武器の素材も気をつけた方が良いぞ。
908. 名無しの達人
素材……だと……？

909. 名無しの達人
魔鉄じゃないと使用時の消費ＭＰ増えるし、詠唱も遅いし、継続時間も短かったぞ。
910. 名無しの達人
あー……魔力適性ってやつか。
911. 名無しの達人
属性金属でできた武器使うとどうなる？
912. 名無しの達人
知らんのか？　俺も知らん。
913. 名無しの達人
てめぇ！　と言いたいところだが、あれ高いしな。
914. 名無しの達人
普通に同属性強化の対抗属性弱体化じゃね？
915. 名無しの達人
それが無難。
916. 名無しの達人
《魔装》は今後それなりに出るじゃろ。問題は《蛇腹剣》か……。
917. 名無しの達人
あれはもう、まず鍛冶師に期待するしかないからな……。

918. 名無しの達人
あの肝心のギミックどうすんだろうな。
919. 名無しの達人
頑張れ鍛冶師！
920. 名無しの達人
よろしく鍛冶師！

06　日曜日

数日前から南のゴブリンが云々《うんぬん》……と掲示板で見ていたので、そろそろ防衛戦が来そうですね。

お、これが最高効率ですかね。これで錬成陣各種の最適化は完了ですか。問題は錬金部屋の大錬成陣をどうしたものか。考えるにも紙に写すのが面倒なサイズですね。

後はダンテルさんやらに頼んで、錬金キットのように布にでもしてもらいましょうか？　自分が使うだけなら【魔力錬成陣】でも良いのですが、生産時間を考えると布にしてしまった方が楽なんですよね……。

いや、布素材を考えると先に師匠に持ち込み、師匠経由で作ってもらいましょうか。広めるなら広めるで師匠に頼むわけですし。

最適化が完了したのは【合成】、【錬成】、【抽出選入】、【分解】の錬成陣です。錬金キットにある4つですね。実はそれ以外の【魔石加工】や【属性操作】など、2次スキルで覚えるアーツ系は1次で覚えた【魔力錬成陣】が使用されるんです。こっちも弄れるんでしょうか。

【魔力錬成陣】は物を選んでから展開位置を指定すると錬成陣が広がるので、そこに魔石やらを置きます。この錬成陣空中でも良いんですよ。不思議なことに置いた物も浮いてるんですよね。

つまり、展開後に物を置かずに文字をグリグリしてみましょう。……ふむ、できますね。問題は保存。1個変えて閉じ……お、編集保存と錬成陣更新があるので、保存で良いでしょう。魔力紙は不要ですね。

4個も弄れば大体慣れます。合わない文字をデコピンで吹き飛ばし、何個かある候補から別の文字を魔力で入れていきます。

法則があるので、これはこれでパズルみたいで面白いですね。完成すれば錬成陣の効率が上がって消費魔力が減り、品質が上がるっぽい。そして生産時の魔力操作ミニゲームも、難易度下がるようです。とてもやる価値あり。

最大の問題は《古代神語学》の取得難易度が高過ぎる。外なるもの以外にいるんでしょうか。少なくとも人間にはいないはずですね。

まあ、メーガン師匠のところに行きますか。いや待てよ……あれを4個ほど用意しまして。

まず教会へ行きます。

「おはようございます」

「ごきげんよう、ソフィーさんはいますか？」

「お呼びいたしますか？」

「お願いしますね。メーガンさんのところへ行きたいのです」

「では少々お待ちください」

少ししてソフィーさんがのそのそやってきました。

とても興味深いだろう良い物で釣って、ソフィーさんと師匠のお店に行きます。

「ししょー」

「お前さんかい。ソフィーまで来てなんだい」

「良い物くれるって言うから……」

「物で釣られたのかい……」

まあこの世界の魔女って、研究者みたいなものですからね。

「とりあえず師匠。これをどうぞ」

「これは……錬成陣だね？」

「錬金キットの４種は最適化が終わったと思います。今は【魔力錬成陣】に手を付けているところです」

「本当に改良したのかい。とりあえずしばらく使って問題ないようなら広めるとするさね」

「布になったら私にも下さい」

ソフィーさんも興味深そうですが、魔女は《調合》側なので使いません。

これで私も布バージョンが手に入るので、本命は完了です。

「それで、一応２人に渡しておくのはこれです」

「「これは……」」

「私の粘液組織なので研究するのは構いませんが、取り扱いには細心の注意を」

赤黒いドゥルっとしたあれを2瓶ずつ渡しておきます。

この2人ならまず悪用はしないでしょう。

「これはまた……とんでもないね……」

「さすが女神ステルーラ信仰の外なるもの……とても興味深い……」

うん、予想通り喜んでくれたようですね。用事も済んだので解散です。

ところで、この錬成陣改良はクロニクルクエストではないのでしょうか？　間違いなく世界に影響すると思うのですが、クエスト通知が来ていませんね。

……まあ、良いか。通知出されても、正直メーガンさん待ちでしかありませんし。達成時にクリア表示がでるかもしれませんね。

お昼にしましょう。


さて、ログインしまして……どうしましょうかね？　北は鉱石、北西が魔草、西が……紅茶、そして南がラーナの故郷ですか。

《錬金》的には北と北西。嗜好品《しこうひん》的には西。好奇心としては南ですね。

よし、南のディナイト帝国を目指しましょう。好奇心には勝てません。

まずはインバムントへポータルで飛びます。

続いて港まで歩きます。

船でクエストがあるようですが、そんなことは気にせず……飛びます！

海面3メートルぐらいで南に向かって直進。当然敵はガン無視です。それなりに距離があるらしいので速度マシマシですよ。

安全飛行すると飛行モブに集られ、爆走するとFOX4《しょうとつ》して死ぬらしく、飛行突破は難易度が高いらしいですがさてさて？

海上を飛ぶ……中々気持ちいいですね。リアルではまず体験できない生身での飛行。こういうちょっとしたところに、人外の良さがありますね。


ハハハハ、その程度の速度では私には追いつけまい。

ちょなんで正面で止まっ……ｏｈ……汚い花火だぜ……。

……次の私はもっと上手くやってくれることでしょう。


あ、復活云々の選択肢すらなく戻された。まあ、飛び散りましたからね……色々と。致し方なし。たぁんとお食べ。いや……溶けるように消えますか。《未知なる組織》が有効なので、食べたら食べたで死にそうですけど。

肉塊から肉塊を分離させ、化身を生成します。

よし、また行きましょう。リベンジです。あの速度ではまず避けれないのが分かりました。ましたが、避けれないなら避けてもらえば良いいんですよ。

マクロを少々弄りまして《解体》も外して……再び港から飛び立ちます。今度はかなり上空。地上から見えないぐらいまで行かないと、悲惨なことになりますから。

そしてある程度進んだら《狂気を振りまくもの》を有効に。

結果、大変愉快なことになります。まず、敵側が私を見たら状態異常判定。沈黙は効果ありませんが、肝心なのは他です。気絶したら落下。恐怖で逃亡。狂気で同士討ち。即死でポリゴン。

そして視界内に入ったものを、マクロにより触手で叩《たた》き落とします。攻撃可能な敵を、触手の振り下ろしで攻撃……です。私が避けられないなら、避けてもらえば良いじゃない。海は既に格下から同格です。状態異常の効きが良い。

掲示板によると始まりの町から南でインバムント。そこから南に3エリア分の海を越えると、南の大陸の窓口であるポースムント。ポースムントから更に南、町3個越えると帝都に到着するようです。

ポータルを開けてから観光しましょう。掲示板によると、海を越えると敵のレベルが下がるらしいですね。

マップを見つつ、ディナイト帝国の帝都へと直行します。

そして思ったのですが、私の視界では浮遊大陸とか見れませんね？　私はとても悲しい……。

お、無事到着。《狂気を振りまくもの》をオフにしてから地上へ降ります。北門の前ですね。いきなり町中には降りません。1回ぐらいはね？　どうせ2回目からは転移になるんです。

「む？　ん!?」

「ごきげんよう。異人です」

「……確かに。ようこそ、ディナイト帝国の帝都へ」

冒険者カードを見せて中へ入ります。

始まりの町より広く住人も多いですが、まだここまで来ているプレイヤーが少ないため、始まりの町よりマシな人口密度ですね。

ディナイト帝国の帝都はなんと言ってもコロッセオでしょうか。ネアレンス王国ほど目新しくはありませんが、巡回の騎士達がパトロールしたりと雰囲気はありますね。道もかなり広く、大型馬車がすれ違っても余裕があるほど。

帝国というだけあって軍事国家らしいですが、町は綺麗《きれい》に整えられています。住人の比率が冒険者など、戦いを生業にしている人が多い気がしますね。少なくとも視界に入る中では武装してる人が多い。ただ、帝都周辺は始まりの町と同じく敵が弱いため、装備的に新人が多い気がします。

まあ、まずはポータル開けましょう。

〈ディナイト帝国、帝都のポータルが開放されました〉

〈これにより、ディナイト帝国主要都市のポータルが開放されます〉

〈復活地点に設定できます。Ｙｅｓ／Ｎｏ〉

拠点は勿論《もちろん》Ｎｏですが、うっわぁ……なんですかこの数。ディナイト帝国広過ぎでは？　いやでも領地だなんだと考えると……国といえばこのサイズにはなりますか。北の大陸が国にしてはあれ。……大体のゲームだとあんなものな気がしますけど。

まあ大きい分には良いですかね？　どこ見に行きましょうか。やはり気になるのは敵です。となると端っこの町でしょうか。

「……そこの君、ちょっと良いか？」

おや、中央のポータルで転移先を考えていたら、何やら三人一組で巡回している騎士に警戒されていますね。

さっさと冒険者カードを見せます。

「異人の冒険者ですよ」

「……ふむ、そのようだな。すまない。ゆっくりしていくと良い」

再び巡回モードに戻りましたね。

これ、巡回している騎士全員に捕まると考えると面倒ですね。話が騎士達に伝わるのにも多少時間かかりそうですし。

そう言えば、便利な機能がアプデで追加されてたような……？

セーフティーエリア内自動無効機能
スキルを設定しておくと、セーフティーエリアに入った際、自動的に設定スキルがオフになる。

これですね。この際なので設定するべきでしょうか。《未知なる組織》は入れておくとして、《揺蕩う肉塊の球体《スフィア・クレマス・ウェイヴィー》》はどうしましょうか。毎回捕まるのは面倒、しかし目印になっているのもまた事実。

おっと、また捕まりました。冒険者カードで解放してもらいますよ。

教会行く場合だけオンにした方が楽ですかね……。設定しておきましょう。これでエフェクトが消えます。少なくとも、騎士達に話が広まるまでは入れておきましょう。

帝国は治安が良いのでしょう。帝都を巡回させられるだけの人手があるようですから。これで悪かったら巡回騎士の意味がないですからね。

とりあえずそうですね……端の町に飛んで冒険者組合に行ってみましょうか。

というわけで、辺境の町。辺境とはつまり自然溢《あふ》れる土地。このゲームではつまり、狩り場が近い。魔物との最前線！

町は……見える範囲だと特にこれと言った特徴はなさそうです。帝都に比べ、それなりに良い物を装備している住人が多いですかね。周りが比較的安全な帝都とは違うわけです。

えーっと組合は……あそこですか。早速依頼をチェックしてみましょう。

〈イベントエリアへ入りました〉
〈クエスト：『揺るぎなき意志と悪意の終わり』が発生しました〉

えっ？　え？

「そう言えば、リーゼロッテさんは？」

「んー？　……そういや見てないな」

リーゼロッテさんは私も知りませんね。

他にも冒険者達が組合にいますが、2人の男性冒険者の会話がログに残っている以上、これがクエスト関係の重要な会話なのでしょう。

話してる片方の男性、レベルが50後半ですね。片手剣に盾のオーソドックスな武装で、長身かつ体格が良い。……顔はちょっと怖い。

「ま、あの人はS手前だから大丈夫だろ」

「それもそうかねえ？」

「どっかでいつものように人助けでもしてるんじゃないか」

……これでキーとなる会話が終わりっぽいですね。

リーゼロッテ、冒険者ランクS手前、人助けが趣味？　最近姿を見ていない。

会話から読み取れる情報はこれぐらいでしょうか。

それはそうと、なぜ突然始まったのか。突発系か、知らないうちに条件をクリアしていたか。ここに来るのが初めてですから、恐らく前者だと思うのですが……。

『揺るぎなき意志と悪意の終わり』
実力のある冒険者の行方が分からないようだが？
発生条件：【夢想の棺《ひつぎ》】の所持
達成条件：遺体を損傷させずに解決
失敗条件：遺体を損傷する
達成報酬：？？？
　　　　：？？？
　　　　：？？？

発生条件が【夢想の棺】……これ後者だ！　そして壮大なネタバレ！　リーゼロッテさん既に死んでますよね？　だって棺ですからね。遺体と装備入れる魔法ですよ。

今まで出番は【泡沫《うたかた》の輝き】で【夢想の棺】にしまった装備を使うぐらいでしたが、遺体が手に入れば【泡沫の人形】を使うことができますね。

……報酬が三つもある！　一つは遺体だと思いますが、残りが気になりますね。で、次はどこに行けば良いのでしょう？

「たっ大変だ！」

「なんだどうした！」

おや、進みましたか？

「あ、アズレトさん！　リ、リーゼロッテさんが……リーゼロッテさんが西門で暴れてる！　このままじゃ死人が出る！」

「……は？　あの人に限ってそりゃないだろ」

「でも実際暴れてるんだよ！　早く西門に！」

「見た方がはえーか……行くぞ！」

50後半の人がアズレトという住人のようです。

組合の中にいた冒険者達がバタバタと外に走っていきました。

遺体を見つけるのかと思いましたが、門のところで暴れているとは……どうも予想と違いますね。Sランク手前の時点で勝てる気がしないのですが、見に行かないという選択肢はありませんよね。出ていった冒険者達を追います。様子見も兼ねて徒歩で。

ガッツリ戦闘音が聞こえますね……。

「……かよ……！　どうしたってんだあんたが！」

「…………」

リーゼロッテさん、想像とだいぶ違いますね。

菫色《すみれいろ》のサイドテール、赤い瞳でつり気味、左目側に泣きぼくろがありチャーミングです。問題があるとすれば無表情なことでしょうか。

そして何より……10歳ぐらいでは？　そのぐらいの子が私の身長と同じぐらいの長さがある両手《りょうて》斧《おの》をぶん回し、180センチほどのアズレトさんと戦っていますね。

リーゼロッテさんの武器である両手斧は、素材不明な色合いでとても綺麗ですが……防具がボロボロで、白い生地にバッチリと血が付いていますね。

「くっそ……！　明らかに正気じゃないからまだ何とかなってはいるが……」

「リーゼの姉ちゃん！　あんたは人を助けるために冒険者になったんだろ！」

これは……種族か役職、はたまた両方か分かりませんが、リーゼロッテさんの状態を教えてくれてますね。既に正気云々な状況ではありませんか……。

さて、どうしたものか。冒険者達が抑えられてるうちに対策を考えなければ。

アズレトさんと門番だっただろう騎士2人が正面に立って対処しつつ、他の冒険者達がどうするか考え中ですか。

「…………」

「くそ！　普段よりは大振りだが力がやべえ！　めちゃくちゃ強い！」

「これは洒落《しゃれ》にならないな。さすがリーゼロッテ嬢……っと！」

「C未満は近づくんじゃねえぞ！　シスターはどうだ⁉」

「教会行ってくる！」

残念ながら、肉体は既に死んでいます。

しかし魂が肉体から離れない。というよりは離れられない？

「リーゼロッテ嬢……もうダメなのか……？」

元凶は呪い……ですかね。状態異常の呪いではなく、黒魔術的な意味の。かなり強力な呪いです。その呪いが体の所有権を奪った？　まあ、この辺りはバックボーンですか。魂を救出した後、聞けるなら冥府でゆっくり聞けば良いでしょう。

最大の問題は、どうやって魂と呪いを切り離すか……。棺クエストである以上、装備や肉体は傷付けたくないですね。

ただ困ったことに、私より遥《はる》かに格上ということです。26レベ差はちょっと。

リーゼロッテ？　Ｌｖ68
幼い頃に儀式の生け贄《いにえ》とされかけたが、儀式の途中で騎士達に助けられた。
だが、間違いなく儀式は発動していた。
儀式の呪いに蝕《むしば》まれる中、それでも助けてくれた騎士達のように……しかし――。
属性：？　弱点：？　耐性：？
状態：アンデッド？　不死者？　魂への呪縛

白いけど輝きの弱い魂と、ドス黒い何か。まあ、状況的に呪いでしょう。

状態がアンデッドなのか不死者なのか判断が付いていない。その差は意思の有無だったはずです。呪いによって動いているならアンデッドでしょうが、魂を見る限りまだせめぎ合っている状態。不死者の可能性はまだある……つまり、まだ魂は助けられるということですか。

魂への干渉は禁忌のはずですが……まあ、だからと言って0になるわけではありませんか。騎士達に助けられた以上、術者は始末されているでしょうね。奈落にて言葉通りの地獄を見ているはずです。

問題は目の前のリーゼロッテさんをどうしたものか。

「ちくしょうっ！　いったい何があったってんだ！　優しい人だったんだぞ！」

「連れてきた！」

「正気じゃない様子で暴れてるとのことですが……これは……」

シスターが来ましたが無理です。むしろ浄化はやめてください。今の状況では魂云々の前に体が消える。そもそもあの呪い……生半可な浄化は効かないでしょうね。

クエストをクリアするだけなら浄化も選択肢としてはありですが、棺クエストという意味では失敗も良いところです。

とりあえず、魂と呪いを切り離す必要がありますね。しかしそのためには魂に干渉できないといけません。普通なら無理ですが、幸い私の種族と役職なら干渉は可能。むしろ本職まである。

ついに《裁定の剣》《魂狩り》《ソウルチェイサー》などの出番ですか。少々応用的な使い方ですが……いけるでしょう。

問題は対象が強過ぎることですが……何とかなりませんかね？　まあ、おかげで方針は決まりましたし、味方の冒険者がいるうちにやるだけやってみましょうか。

「アーツか⁉　くそっ！　【シールドバッシュ】」

「…………」

「騎士様みたいに人を助ける人になるんだろ！」

「ううっ……」

「っ！　リーゼロッテ嬢！　気を確かに！」

おや、この状況で頭を押さえて苦しみ始めましたね。経過時間によるイベントでしょうか。

「リーゼの嬢ちゃん！　いったいどうしたってんだあんたらしくない！」

「うぐっ……村を……滅ぼした奴らの……思惑通りになど……絶対に……！　私は今まで助けるために生きてきた！　その私の体で暴れることは絶対に許さない……！　たとえ魂を失ったとしても私は……！」

お？　ここは間違いなく見せ場！

戦闘になるでしょうから《揺蕩う肉塊の球体《スフィア・クレマス・ウェイヴィー》》を有効にします。《未知なる組織》はオフのままで。

「いいえ。死後、魂は救われなければなりません。そのために冥府があり、我々がいるのです。全力で貴女をお連れしましょう」

「な、なんだ？」

「正面から彼女と殴り合う強さはありません。彼女の動きを止めてください。後は何とかします」

「目隠しした黒髪で黒と白の……ネメセイア様⁉」

シスターは私のことを知っているようですね。南の大陸にも話は通っているようです。

「体から魂を抜き、魂から呪いを斬り離します」

「魂を抜く⁉　そんなことをしたら……！」

「肉体は既に死んでいます。魂も揺らいでいる。このままでは呪いに魂すら食われますよ？」

「ネメセイア……か。リーゼの嬢ちゃんの魂は……救ってもらえるのか？」

「私が体に触れることができれば」

「……分かった。手を貸そう。だから頼む……」

「ごめんなさい……なるべく、抑えてみせるから」

お、意識浮上による弱体化イベントでしたか？　それともそっちルートに入ったか……まあどっちにしても好都合ですね。

「シスター、呪いを浄化するため応援を呼んできてもらえますか？」

「は、はい！　すぐに！」

私とアズレトさん、そして騎士の2人を加えた4人で、さっきより明らかに動きが悪くなったリーゼロッテさんに突撃。

パレットに広がる白い絵の具に、黒い絵の具を垂らしたような状態。つまり、確実に黒い呪いが、白いリーゼロッテさんの魂を侵蝕《しんしょく》している。どう考えても時間がないので、さっさと片付けます。

「時間がありません。すぐに押さえ込んで呪いを斬り離します」

「「はっ！」」「おうっ！」

盾やら武器やらで両手斧を地面に押さえ、触手で体を拘束。そのまま肉体を傷付けない《裁定の剣》で、剣の腹部分を向け左から右へ振り抜きます。

体は既に死んでいるので、魂はあっさりと剣に引っかかり引っ張り出されます。

しかしその際、黒い物も体から滲《にじ》み出てきます。呪いの力そのもの。普通なら触れることは危険でしょうが……まあ、大丈夫でしょう。リーゼロッテさんの体から魂に縋《すが》り付こうとする黒い靄《もや》を鷲摑《わしづか》みにします。

「ふふふ、魂は我らが神の領分。何人たりとも手出しは許しません」

距離を取ろうとするリーゼロッテさんの魂。しかし逃さないとばかりに体から伸びる呪い。魂にも体にも残られると困るので、容赦なく引っ張ります。

「なんだ……その見てて気分が悪いもんは……」

「呪いの力そのものですよ」

「おい、手が！」

「なりたてとは言え、外なるものなのでご心配なく」

呪いを鷲摑みにしている左手が焼け爛《ただ》れていますね。やはり魂に影響するだけあってかなり強力な呪いなのでしょうか。いきなりかなりハードなクエストが始まったものです。

体に繫《つな》がっている呪いが離れると、空になった体が地面に倒れました。遺体は無事確保です。棺クエストとしては上出来でしょう。残るはネメセイアとしてのお仕事です。つまり、リーゼロッテさんの魂を救わなければなりません。この場合、それがSクリアでしょうからね！

……このイベント、冥府の不死者以外Sクリア無理では？

体からは離れましたが、魂を諦めませんね。

「往生際の悪い呪いですね……」

「潔い呪いもなんか嫌だろ」

……それはそう。

「聖職者に加え聖騎士もお連れいたしました！」

ふむ、良いタイミングです。リーゼロッテさんに上に逃げてもらい、呪いを引っ張ることで、呪いをリーゼロッテさんの足先に集めて集めて。

「斬りますよ」

頷《うなず》いたのを確認して、足先ごと斬り離します。

『うぐっ……！』

魂に不愉快な黒が見えないので、呪いの残滓《ざんし》などもなさそうです。

魂から斬り離したことで、行き場を失った呪いを誰もいない方向へ放り投げます。離れたところに投げた黒いものは空中で留まり、ウネウネしていますね……。

「さて、あれを滅する必要があるわけですが……」

「『が？』」

「あれを掴《つか》んでいた私の手を考えると、あなた方は危険ですね」

リーゼロッテさんを知っている冒険者達は悔しそうですが、これぱかりは仕方ありません。冥府の不死者は魂の管理を女神から任されている者達。魂の守護者でもあるのですから、ここで彼らを危険に晒《さら》すわけにはいきません。

「すんなり浄化できるとは思えませんし、全力で時間稼ぎを」

ここは辺境……要するに魔物の生息圏と近い場所なので、聖職者の質は良いのでしょう。治療という出番が多いはずなので。しかし数自体はそんないません。果たして聖職者組が浄化できるのか。あれは高レベルの魂を一部とはいえ吸収しています。そう簡単に消えてくれないはずです。

「仕方ねぇ……邪魔になんねーように下がるぞ！」

「『チッ……了解』」

私を先頭に少し離れて聖騎士、その後ろに冒険者、そして聖職者です。

さてどうするか……ですが、簡単なことです。敵が強いなら、更に強い者を呼んでしまえば良い。

空中に浮いている黒いモヤが、鞭《むち》のように伸ばしてくるものをアサメイで弾きます。後ろから攻撃魔法が飛んできていますが、やっぱり厳しそうですね。

攻撃魔法のあたったところから、モヤが剝がれるように消えるエフェクトが出ています……が、特に変化は感じません。多分真っ黒いモヤが薄くなっていくとは思うのですが、さっぱりですね。

「『これは……』」

「……これはかなり厳しいですね」

敵の耐久が全然減ってない。そしてこちらはオワタ式。つまるところジリ貧。聖騎士達はバフを受けて盾で防いでいますが、そのうち限界が来るでしょう。

やはり救援を呼びましょう。つまり銀の鍵の出番ということです。この装備が結構状況によりけりなので、とりあえず公式イベントに限らず、クエスト中やイベント中も確認するべき装備です。使えるか使えないかの影響がかなり大きいですからね。

今回はむしろ使いどころさん。ここで使ってこそでしょう。近くにゲートを開き、中へ呼びかけます。繋ぐ先は勿論、常世の城の訓練場。

「ラーナはいますか？」

「おや、サイアー。総隊長ならいませんよ。……戦闘中ですか？」

呪いからの攻撃を弾きつつ、マルティネス副隊長に状況を説明します。

「それはそれは……すぐに集めましょう」

そう言って少しして、3人ほどがこちらへやってきました。こういうのもなんですが、冥府軍って基本的に暇ですから、集まるのが早いんですよね。

「なるほど、今のサイアーには荷が重い感じですね」

「なんとまぁ、いつの時代も人は懲りないことで」

「……いつになっても、善人が不幸な目に遭うのは気に入らないものですね」

銀の鍵の繋げた門から出てきたのは、幽世の首無し《デュラハン》近衛騎士《ロイヤルガード》であるマルティネス副隊長。次に薄緑色の髪で黒いローブと先折れ帽子なエルフの元大魔女。最後に薄ピンク色のふんわり髪で、中々派手な服のほんわかした人間の女性……元聖女の3人。

元聖女がシスターというより豪華なヒーラーというべきか。シスターでも聖職者でもなく、ヒーラー。このニュアンスの違い。もっと地味なローブ姿を見た覚えがありますが、戦闘服ですかね。

それはそうと、元聖女と元大魔女のバフを受けた副隊長が突っ込み、副隊長と元大魔女の攻撃によってモヤが分断、細かく分けられた部分から元聖女によって消滅させられていきます。

「ふ、他愛なし」

「このぐらいじゃ手応えがないわ」

つまり、瞬殺。やはりこれが最速にして最善な気がします。魂を蝕む呪いの除去なら、冥府の不死者が出張ってもおかしくはないはずです。

「ネメセイア様、術者はご存知ですか?」

「私も突然だったため、よく知らないんですよね」

とりあえずこれで棺クエスト自体はクリアでしょう。しかし、このゲームは油断ならないので、本人から遺体の使用許可を貰《もら》うつもりです。その後、魂からして冥府行き確定なので、向こうでゆっくり事情を聴きたいですね。

『あの、ありがとうございました』

「役目でもあるのでお気になさらず」

「そうね」

「話を聞かせてもらえれば良いですよ」

『分かりました』

というこことで、3人にはとりあえず戻ってもらい、ラーナを呼んでおいてもらい、待機をお願いします。一緒に話を聞きましょう。関わった以上気になるでしょうし。

3人にボコられてる時に、遺体は確保しておきました。私の目的はこっちですからね！

『ありがとうございます。もはやお礼はできませんが……』

「そこはご心配なく。ご遺体は私が貰っても？」

『私の体ですか……？』

「《死霊魔法》が使えまして、棺に使用させてもらえないかと」

『棺……ああ、聞いたことあります。優れた術者は棺にしまった遺体をベースに、具現化召喚が可能だとか？』

「その魔法です」

『……私は今まで、助けられる人は助けてきました。私の体を悪いことに使用しないと、約束してくれますか？』

「ええ、ステルーラ様に誓って」

『でしたら、有効活用してください。そう言えば……その武器がお気に入りです』

「ん……分かりました」

【夢想の棺】を召喚し、遺体に【洗浄《クリーン》】を使用してから大きな棺に寝かせます。すると服装が死に装束に切り替わりました。さすがに着せ替える必要はありませんでしたね。着ていたボロボロの物は、アバター枠に移りました。

ちなみに体に傷はありませんでした。呪いが治したのでしょうか。まあ綺麗なのは良いことです。

そして、リーゼロッテさんが使用していた両手斧を武器の場所に置くと、遺品と認識されました。遺品も埋葬品も、要するに遺体の強化アイテムかつ装備品です。ただ、遺品は生前愛用していた思い入れのある品。埋葬品は私が用意した装備。大きい棺は【泡沫の人形】専用です。小さい棺は【泡沫の輝き】で他の召喚体も使用できます。

遺品と遺体はセットのようなので、ここで吟味するプレイヤーも出るでしょう。リーゼロッテさんは近接アタッカーのようなので、私としては丁度良いです。タンクは浮遊要塞がいますし、魔法アタッカーは私がいますので。

まあ、詳細は後で確認しましょう。

「さて、リーゼロッテさん。冥府でお会いしましょう。向こうで今回の件の説明を願います。皆さん気になっているでしょうが、純粋な魂は一般人には見えません」

『分かりました』

魂を見送るとクエストが完了しました。無事S評価ですね。魂、呪い、住人、ともに最高の状態でクリア……ですか。良かった良かった。

クリア報酬は『リーゼロッテの遺体』『リーゼロッテ愛用の斧』『リーゼロッテが生前愛用していた装備のアバター』の3個でした。他の棺クエストも報酬はこうなる気がします。強いて言うなら3つ目が場合によってはなさそう。

「では話を聞いてくるので、気になる方は冒険者組合でお待ちを」

「分かった。感謝する……」

「教会の方々もお疲れ様です」

「いえ、あまりお役に立てず……」

「あればかりは仕方ありません。しっかり時間稼ぎはできたのですから、お気になさらず」

この場は解散し、私は銀の鍵で冥府へ。

リーゼロッテさんは……あー、あの川がどのぐらいかかるのか分かりませんね。すぐに来ないようなら、後日にしないといけませんか。川の時間は人次第とか言っていた気がしますし。

クエスト自体は既にクリア扱いになってしまったので、クエストだからすぐ来るという確信が持てないんですよねー。ま、少し船着き場で待ってみますか。


あ、来ましたね。

「ようこそ、ステルーラ様の領域である死者の世界へ」

「お世話になります」

「では付いてきてください」

私も裁定者なので門を通すことは可能です。一応、門にいる裁定者には伝えておきます。

向かうのは常世の城の訓練場。そこで3人とラーナが待っているはずです。

「透けている方もいれば、見分けの付かない方もいますね……」

「その辺りは慣れだそうですよ。私はゾンビ系でしたので、分かりかねますが」

「慣れ……」

「死者の世界は霊体系が大半です。活動をやめた体を現世に置いてくるためですね。そのためアーマーと骨、ゾンビ系はかなりのレアパターンになります」

霊体系の実体化と霊体化は種族スキルにあるので、実際慣れの問題です。とは言え、戦闘でもない限りわざわざ切り替える必要がないので、冥府の霊体達は大体どちらか固定です。住人ごとにどちらか……という設定がある気がします。

「おまたせしました」

「いえ、そちらの方が？」

「どうも事情が気になりましたので、話を聞こうかと思いまして」

「はじめましてリーゼロッテです。出身はディナイト帝国です」

「同郷ですか。私はスヴェトラーナ・グラーニンですわ」

「……グラーニン公爵家？　スヴェト……ラーナ⁉」

「まだ家は健在ですか……長いですわね」

ラーナの元実家。ディナイト帝国のグラーニン公爵家。絵本に出ているのは師匠から聞いて知っていますが、領地には行ったことありませんね。

６００年ぐらい歴史のある家って凄い。凄いのは間違いない。しかし日本の皇室はいつから計算するかによりますが、大体２５００年から１５００年です。つまり凄いのは間違いないけど、それに比べれば別に驚きはない……という状態ですね。

さて、リーゼロッテさんから何があったのか聞きましょうか。

「はい。今回の件は長くなるのですが——」

暮らしていた辺境の村が襲われ、今の見た目年齢ぐらいの頃に攫《さら》われて儀式の生け贄として使用された。

儀式の途中で騎士達の助けが入り助かったが、間違いなく儀式は発動していた。

儀式の呪いに蝕まれ、次第に薄れていく意識の中、それでも他の人のために冒険者として活動を続ける。

ただ一つ。助けてくれた騎士達のように、他者を助けられる人でありたいがために、蝕む呪いを精神力で抑え込んでいた。

しかし精神は擦り減り、隙が生まれて魔物に殺され一度倒れる。

そこで呪いが完全に発動。破損した体が修復され、ただ視界に入ったものに襲いかかる殺戮《さつりく》人形になってしまった。


聞いたのを纏《まと》めた感じこうでしょう。

呪いの解除は当然試みたそうですが失敗。まあ、魂に関連づいていましたからね。

ちなみに実年齢はそこそこ行っているが、呪いのせいか成長が止まっているとか。

「そのようなことが。見事な精神力ですわね」

どうやらラーナも気に入りそうですね。

「リーゼロッテさん、68レベまで至った貴女に提案があります」

「なんでしょうか？」

「冥府にも軍があるのですが、興味ありませんか？」

「軍ですか？」

「最終的な判断はステルーラ様なので、私の誘いでもあくまで候補でしかありませんが。ちなみにラーナが総隊長で、マルティネスが副隊長。その女性２人も冥府軍所属の不死者です」

「魂に手を出すと不死者が来る……というあれですか？」

「そうですよ。まあ、主な仕事は自己鍛錬と治安維持になりますね」

興味はありそうなので、このまま預けておきましょうかね？

「では任せますね。私は冒険者達に説明してくるので」

「あの、ありがとうございました。おかげで誰も殺さずに済みました」

「魂の救済こそが我々の役目ですからね。そしてこれからは貴女も」

「はい！」

「ああ、そうだ。では、最初のお仕事を伝えましょう。ラーナまたはマルティネス。リーゼロッテさんと奈落へ行き、やらかした人物が全員いるか、分かるだけ確認するように」

「「畏まりました」」

「結果は宰相かうちの侍女に伝えておいてください」

部下になった以上、今後さん付けはあれですか？　リーゼかロッテですかね。

まあ、ラーナがリーゼロッテを連れて奈落へ行ったので、私も地上へ戻りましょう。そして冒険者組合へ。

「お待たせしました。早速説明しましょう」

「よろしく頼む」

先程聞いたことを纏めて説明します。

「……そうか。そう……か」

「以後冥府の軍にて、治安維持に努めてもらう予定です」

「元気にやってるなら良いか！　そのうちまた会えるだろ」

「あなた達が悪さして、奈落に落ちない限りは会えると思いますよ」

冥府と奈落は基本的に行き来できませんからね。

用事も済みましたし、【夢想の棺】を確認したいですね。空いてる席を陣取りまして、チェックします。

遺体レベル（生前レベル）
駆け出し（英雄）
遺品レベル（生前レベル）
駆け出し（伝説）
埋葬品レベル（生前レベル）
破損（英雄）

遺体レベル、遺品レベル、埋葬品レベルはアイテム評価と大体同じ……だと思います。その方が分かりやすいですからね。まあ、上げていけば分かるでしょう。

できることは遺体の強化、遺品の強化、埋葬品の強化。遺品と埋葬品でわざわざ分かれているので、遺品の方が重要なのでしょうか。遺体・遺品・埋葬品の順で強化優先度ですかね。

強化は……魔力が必要なようです。肝心の魔力は魔石または魔法生物を討伐のようですね。さすがに魔力を注ぐだけではダメですか。町中だと超回復しますから、実質面倒なだけになりますから。

とりあえず、あのボロボロだった破損した防具が修繕できるようなので、直しましょう。

ちなみにリーゼロッテは、肩の出るワンピースに、同じく肩の出るコルセットコートでした。前まではいかず、胸の下辺りで留められるようベルトが付いているタイプですね。得物が両手武器なので、ヒラヒラされ過ぎても邪魔なのでしょう。かと言ってお洒落《しゃれ》はしたい。分かります。

スカートは膝上ぐらいで、コートは長めです。コートの生地は厚めだったので、ジャンルは軽装になりますね。

色は白と紺です。汚れは目立ちますが、この世界は【洗浄《クリーン》】がある。むしろ汚れが目立った方が、使い忘れを防げたりして。

では早速レベル上げ。オーブを使用してみましょう。

えっと、棺を出して……その上で魔石を砕く。すみませんね。棺って割と大きくて。結構場所取るんですよ。

オーブを使用すると割れて、漏れた魔力が棺に吸われていきます。効率悪そうな演出ですね……。

「何してるんだ？」

「リーゼロッテのおかげで使用できるようになった魔法の確認です。これ、効率悪いですね……魔法生物倒さないとダメですか」

オーブは《死霊秘法》のＡＩレベル上げに使用した方が良さそうな気がします。向こうは食べていますし。

魔力的に……とりあえず埋葬品を修繕すると駆け出しに。それから全部駆け出しから1個上げて……一人前になりました。

生前が英雄級ということは、頑張った甲斐《かい》はあったんですかね。それに遺品なんて伝説級です。多分英雄より伝説の方が上でしょう。他の情報がないとイマイチありがたみが分かりません。

とりあえず破損から駆け出し、駆け出しから一人前ですね。

おや、リーナから通信が……。

『お姉ちゃん防衛戦始まるよ！』

マジですか。

既に格下でしょうから、試すには丁度良いですね。

冒険者組合を後にしまして、始まりの町へ飛びます。

07　防衛戦再び

〈〈ワールドクエスト：始まりの町防衛戦が準備中です〉〉

はいはい視界視界。

南に集まっているようですね。スキルを確認しながら行きましょう。

リーゼロッテが持っているのは……3次スキルの《両手斧術《りょうておのじゅつ》》と《投擲術《とうてきじゅつ》》、それから1次の《闇魔法》ですね。【ナイトビジョン】と【ダークヒール】目的でしょうか？　残りはパッシブ系ですね。

しかし《投擲術》ですか。遠距離物理もできるのですね。そう言えば、あの感じだとリーゼロッテはソロですか。ソロなら自分で色々できないと辛いでしょうから、遠距離攻撃手段としては悪くありませんね。最悪石投げれば良いので。

投擲武器を小さい棺にしまって、【泡沫《うたかた》の輝き】で具現化できるようにしますか。具現化に多少ＭＰ使いますが、投げ放題ですよ。戦闘力上がるでしょう。防衛戦終わったらエルッさんから買いましょうか。こたつさんが投擲なので売っているはずです。

両手斧で近接戦、遠距離は投擲、多少の自己回復と一時的な暗視。他はパッシブ系でとてもシンプルな近接アタッカーですね。

スキルに関しては生前スキルはそのままに、セット可能スキル数が《死霊魔法》系統スキルレベルの半分。ということは最大50個まで有効にできるわけですか。

下僕のスキル数はスキルレベル÷5の20ですが、種族スキルも20個なので合計40個。棺の方は種族スキルなしで50個まで。あくまでベースは遺体か。人外の遺体入れたらどうなるんでしょうね？

まあ、やろうと思えば生前ガン無視してカスタムが可能です。その場合遺品が武器だと変えづらいので、デメリットではありますか。自由度であればアクセが当たりですかね。

でも生前ガン無視すると、何かしらのデメリットありそうなんですよね……。とりあえず今は弄《いじ》らないでいいでしょう。

お、リーナいましたね。セシルさんも一緒ですか。

「あ、お姉ちゃん！」

「やあ姫様」

「ごきげんよう。セシルさん最初から町にいました？」

「いたよ。でも申請は来なかったからやった人は後回しかな？」

「なるほど」

総隊長や分隊長が全員違う人だったので気になっていましたが、1人1回ですかね。ということは、気兼ねなく最前線に行けますすね！

「お姉ちゃんPTこっち入る？　スケさん達どっかにいたけど」

「んー……せっかく獲物が沢山いるから使役上げたいんだよね」

「召喚枠かー」

パーティーメンバーと召喚数被りますからね。

妹のPTは5人なので、私が入ると1体しか召喚できません。

「みんなのアイドル、スケさんだよー！」

「あ、スケさんこの契約書にサイン下さい」

「なにそれ怖い」

「姫様PTは？」

「使役上げたいので2体は召喚したいですね」

「ええぞー。だからバフプリーズ」

「あ、はい」

結局いつものメンバーでPTを組みます。

「姫様いた！」

「おや、アメさんとトリンさんではないですか」

「PTはー？」

「私2体召喚しますが構いませんか？」

「おっけ！」

「スケさんもそれで？」

「おけおけ」

アメトリンさんが加わりました。アメシストとシトリンがくっついた宝石ですね。双子だからそういう方針にしたのでしょう。仲が良くて何よりです。

〈〈一定の人数の参加を確認したため、サーバーを分断します。別ＰＴにいる知り合いと一緒にやりたい場合はレイド、またはユニオンを組んでください〉〉


「『お？　おお？』」

おや、ＧＭが来ましたね。

「はーっはっは！　俺だぁ！　簡単に言うと人が多過ぎるから鯖《さば》分けるぞ！」

「サーバーを分けて同じクエストを同時進行するので、一緒にやりたい人がいるなら、分断カウントまでにレイドやユニオンで関連付けておいてください」

「ちなみに分断された場合、結果が良い方が反映されるから安心しろ！」

そう言って帰っていきました。

確かに身動きできなさそうなぐらいにはみっちりしているので、分けないとゲームになりませんか。

とりあえずＰＴを組んで同じところへ行き、中でＰＴを解散してそれぞれ……でも良いようです。つまり使役系同士の知り合いがＰＴを組んで、中で解散してそれぞれ召喚すれば良いと。

「どうしようか。固まる？　それとも分かれる？」

「良い方が反映されるんだし、固まった方が良くない？」

「俺らは経験済みだし、三陣と隔離されたりしてね」

「それはそれで気にせず好き勝手できるから良いけど、人数偏り過ぎるでしょー」

「大半が三陣だからね。とりあえずユニオン立てようか」

セシルさんとリーナが話してた方針で問題はないでしょう。

分かれた方で総隊長が選ばれるはずですし、私がユニオンリーダーの必要はなさそうですね？

セシルさんの方へ合流します。

クエスト開始10分前に分断されるようですね。

セシルさん、こたつさん、ルゼバラムさん、ムササビさん、フェアエレンさん、トモ、リーナ、エリー、そしてうちのＰＴですか。

「おっす」

「おいすー」

「お邪魔します……」

「あれ、ラピスさんじゃないですか」

「うち１人空いてるから入れといた。不死者組で組んでるだろ？」

トモスグＰＴにラピスさんが入ったようですね。

「やっほー！」

「ヒャハハハ！　久しぶりだぁ！」

フェアエレンさんPTですか。ユニオン入ったことで場所が分かりますからね。ぞろぞろ集まってきます。

フェアエレンさんのところはモヒカンさん、ミードさん、キューピッドさん、クレメンティアさんに……駄犬さん。

「姫様じゃん撫《な》でてくれてもいいのよ！」

デカワンコですね。ヘルハウンドですか。見た目はかっこいいのですが何分言動がその……。

ワシャワシャ……。

「あ……」

「む！　姫様の体液！　ペロッ……ゲフッ！　死ぬっあーっ！　死ぬっ！」

「何してんだこいつ……」

「さすが駄犬」

「そっとしておこう」

のたうち回るヘルハウンドと、それをガン無視するみんな。

ちなみに名前はヴィンセントだそうです。かっこいいですね。言動これですけど。

「賑《にぎ》やかね、ごきげんよう皆さん」

「おはようです！」

エリーとアビー組もやってきましたか。

「お、そろそろ分断されるな」

カウントが進んで時間が来ると、転移させられました。

とは言え複製マップなので、見た目に変化はありません。強いていうなら人口密度が減った。この減り方、2分割じゃないですね？

「いよーう！」

「随分減ったでござるな！」

「合流するのも面倒な量だったからねー」

ルゼバラムさんにムササビさん、こたつさんのPTもやってきましたね。これでユニオンは集まりましたか。

「この減り方、2分割じゃないねー？」

「そうみたいだね？」

「そのようでござるな」

《《Wクエストに必要な役職に適切な異人達を検索中…………》》

結果として私達の方には来なかったので、やっぱり1回ですかね？

「よしよし、最前線行けるな！」

「後10分か。そろそろ準備するかねぇ」

そろそろ召喚しておきましょうか。スキルを確認して……肉塊の浮遊要塞を召喚します。

「お姉ちゃんそんなの召喚できるようになったの……」

「おー、姫様なにこれー？」

「肉塊の浮遊要塞ですね」

「タンクかー」

「ゴブリンの集団にでも突っ込ませておこうかと思いまして、《高位物理無効》と状態異常系である《未知なる組織》を付けておきました」

「ゴブリンさん逃げてー！」

「ということで一号、スキル上げよろしく」

いつも通り触手をフリフリしているので、一号に任せます。ゴブリンでは《高位物理無効》は抜けないでしょう。私も棒立ちして触手系スキル上げたいですね。

倒すのはリーゼロッテに任せましょう。ということで……へぇ？　もしかしてデフォルトの発動キーはキャラによって違うのでしょうか。

「零《こぼ》れ落ちた夢、虚空の人形。今一度、夢をその手に……リーゼロッテ」

私の横に召喚位置を指定すると、魔力が集まり人の形になっていきます。すると足と指先から色がついていき、数秒後には無表情のリーゼロッテがいました。

リーゼロッテが右手を地面側に翳《かざ》すと、手の影からごっつい両手斧が飛び出してきて摑《つか》みます。

斧を地面に立てて、リーゼロッテは直立不動状態へ。

それにしても、改めて見るとこう……ミ＝ゴやイスの姿がチラつくようなデザインした両手斧ですね……。いえ、かっこいいですけどね？

その体格でよくこれを振り回しているものです。

「姫様詳しく！」

「これが【夢想の棺】の【泡沫の人形】ですね。先程遺体をゲットしまして、召喚したのは初めてです。割とMP持っていかれましたね……使役系にしてはかなり多い消費と言えますか」

「ほぉーん……僕も欲しいね！」

「私は棺クエストでしたよ。一応なるべく遺体を残す方面でクリアしました」

「ふぅむ……」

「むむむ……妹枠が……」

「いや、魂は冥府に送ったから……」

「あ、そうなの？」

開始時間までまだあるので、クエストの内容とリーゼロッテのことを話します。

「へぇ……やっぱそういう重めのクエストもあるか」

「少々解決法考えるのに苦労しましたよ……ネメセイアで良かったですね」

「僕そのクエスト無理じゃね？」

「そもそもリーゼロッテはもうここにいるので、違う設定のが来るのでは？」

「それもそうか。ふむぅ……」

「結局育てることになるので、遺品と見た目で決めて良い気もしますね」

「見た目は重要。やっぱ召喚したくなる見た目じゃないとね！」

私はクエスト内容的にもリーゼロッテで良いでしょう。近接アタッカーなところも不満はありませんし。

「そうだ。エリーとアビー、リーゼロッテの愛称何が良いと思います？」

「リーゼロッテ……ドイツだったかしら？」

「エリーザベトとシャルロッテです！」

「リーゼやロッテじゃ普通過ぎるわね。ロッティやリリ？」

「可愛い系で行くです？　両手斧だしリーザとかリジィはどうです？」

「そうですね……リジィにしましょうか。いや待て、中身一号じゃないですよね」

肉塊一号に確認しますが、違うそうです。なら以後リジィで。

本人無反応。喋《しゃべ》らないし、表情も変わらない……と。

「そうだ、こたつさん」

「お？　なにー？」

「投擲武器ってどんなのがあるんですか？」

「え、投擲？」

「この子が《投擲術》持ってまして」

「へー！　そうだねぇ……まず石。しかも拾ったやつより、多少加工した物の方が補正入るよ。後はスローイングナイフとか、トマホークかな？」

「やっぱり基本はナイフですか？」

「うん。1発の威力が欲しい時はトマホーク。トマホークの問題は威力あるけどコストと命中率」

石を《細工》などで加工すると補正。基本はスローイングナイフで、低コスト低威力で手数勝負。威力が欲しいならトマホーク。強いけど生産コストがナイフより上がり、何よりクリーンヒットさせるのが難しいとか。

「実はトマホークより、モヒカンが持ってるアトラトルで投げ槍《やり》の方が効率良いんだよね……」

「あー……キャンプの時使ってましたね」

「そうそうあれ。あっちの方が遥《はる》かに楽。ぶっちゃけ投げナイフより楽かも。確かに威力だけ見ればトマホークなんだけどね。アトラトルのデメリットとしては、本当に投げることにしか使えないことかな？　取り回しが少々悪いね」

「メインが両手斧なので、アトラトルはダメですね……」

「トマホークにフランキスカ、クナイとか手裏剣、チャクラムなんかがあるよ」

何だかんだありますね。投擲最大の問題である本数は【泡沫の輝き】で解決します。まあMP消費しますけど、リジィはMPが余り気味になるビルドのはずです。

「後は……鎖鎌とかモーニングスターかな？」

「あの辺り《投擲》なんですか？」

「《鞭《むち》》系でも使えるわよ」

こたつさんとエリーによると、《投擲》で投げれるし、《鞭》でも操れるようで。

……サブ武器として何かしら持っていたんですかね？　メイン武器の遺品、確認するべきか。

無表情で佇《たたず》んでいたリジィがふと、視線を森の方へ向けました。

わらわらとゴブリン達が出てきましたね。

「お、始まるな」

「行こうぜ行こうぜー」

1匹見たら……な、異世界のゴキブリことゴブリンさん。

お互い横に並び向かい合います。

《《ワールドクエスト：始まりの町防衛戦、開始します》》

「『うおおおおお！』」

始まりましたね！

「一号、突っ込んで良いですよ。リジィも戦い方を見せてください」

一号は少し前に出て、わざとゴブリンに囲まれます。殴られるたびに触手で叩《たた》き、状態異常チャンス。敵の遠距離に向けて落とし子で攻撃させましょう。

そしてリジィが……あー……ごつい両手斧だなぁとは思ってましたが、分裂するんですかそれ。

「ちょっと、リジィかっこいいのではなくて？」

「姫様なにあれ！　あの斧なに⁉」

「はて、何でしょうねあの斧。まさかギミック付きとは……」

遺品なので私が用意したわけではありませんからね……。しかし……なるほど、所持スキルに納得です。

リジィは両刃の両手斧……ハルバートというより、ラブリュスに近いです。ただし、片刃が大きくもう片方は少し小さいんです。

その小さい方がスポーンとリジィの方に飛んで、左手でキャッチしてぶん投げました。トマホークブーメランよろしく飛んでいくそれを追うようにリジィも突っ込み、ゴブリン相手に片刃になった両手斧を豪快に振り回しています。

ゴブリンを数体真っ二つにして戻ってきた斧は手で取らず、攻撃しながら両手斧で直接受け取っていますね……。

「ゴブリンが弱過ぎて攻撃力は分かりませんが……強いですね。やはり主力級か。遺品と戦闘スタイルを考えると、運要素が大きいですかね？　とは言え、育成できるでしょうから最終的には誤差と言えば誤差か。やっぱ気にするのは見た目と遺品ですかね」

一号は見た目とは違って物凄い地味な戦い方をしています。浮いてる肉塊の球体が殴られるたびに触手で叩くというとても地味な……。あえて言うならそう、恵まれた体格から繰り出されるクソみたいな攻撃。まあ、あれの役目はタンクなので良いんですけどね。

状態異常になったところで他の人達に狩られてますし、役には立っているでしょう。リジィが派手なだけです。

そんなリジィが大ジャンプしました。空中で回りながら斧を振り回しています。赤い光を纏《まと》っているので攻撃アーツですね。

そして地面に叩きつけられると、ダメージと共に地面ごと敵を巻き上げます。その直後、その場で斧を振り始めました。地面ごと巻き上げられたので敵はいないのですが……。

いや……なるほど、巻き上げられた石を両手斧で弾いて、離れたゴブリン殺ってますね……。

「凄い……ロマンを感じますね……」

「お姉ちゃん私もやりたい！」

「うん、頑張れ？」

「最初は恐らく両手斧の３次アーツ……問題はなにで飛ばしてるんだろ……」

敵倒しながら考え始めましたね。

私は向かってきたゴブリンの攻撃を避けずに、攻撃して倒します。ただのゴブリン達に《高位物理無効》を抜くことは不可能です。

「アルフ今から横文字禁止な！」

「は？　良いぞ。お前はお嬢様言葉な」

「は？　上等ですわ！」

「ちょっと、キャラ被りやめてくださる？」

「あ、はい」

「ギャル語にするか？」

「ちょマジー？　いや分からんけど⁉」

「ああ、分からんな……」

あら？　そういえばチャイナ服の人を初めて見る気がしますね。

「どぉ～？」

「あら、あなた見事な足ね」

「凄いです！」

確かにとても綺麗《きれい》な足をしていますけど。

チャイナ服の……男性ですね。えっぐいスリット入り！　太ももではなく腰辺りからですよ。攻めてますね……！青色のチャイナにハイヒール。銀の簪《かんざし》は黄色で……月ですか。武器は長い棒。

「ヒャハハハ！　美月《みつき》じゃねぇか！」

「あら～奇遇ねモヒカン。今日も燃やしてる～？」

「ギャハハハ！　勿論《もちろん》だぜ！」

「お前ら知り合いかよ！」

「そうよ～？　漲《みなぎ》ってきたわ～！」

「ヒャハハハ！　ビンビンだぁ！」

「やめ、やめろぉ！」

勿論絶賛戦闘中です。これは酷い。

チャイナ服の……美月さんだそうですね。美しい月！　まあ、うん。良いのではないでしょうか。

モヒカンさんと並んで絵面が凄い。なお美月さんは細マッチョ系。スラッとして身長は170ちょっとでしょうか。それとハイヒールなので170中盤ぐらい。あの瞳は三白眼と言いましたか？

「ネットは広いです！」

「ほんとにね」

ええ、広いですね。モヒカン頭に半裸のトゲ付き肩パッドに女性用チャイナ服の男性。……ま、私も人の事言えませんが。

それにしても、明らかにゴブリンよりホブゴブリンの方が多いですね。やはり参加メンバーのレベルとかで多少変わるんでしょうか。

とは言えゴブリンとホブゴブでは誤差ですけど。この分だとエリートの数も増えてそうですね。

そう言えば《人形魔法》の戦闘場面、じっくり見るの初めてかもしれませんね。

アビーは両手鎚《つち》を持ったアタックドール。大盾を持ったディフェンスドール。片手剣と円盾を持ったサポートドールの3体。どれも人形のサイズは大体1メートル前後ですかね。

ディフェンスドールがガードした直後に、後ろからサポートドールが【バックスタブ】で瞬殺。

サポートドールが足払いで敵を転ばせると、そこにアタックドールが【ヘビィスタンプ】で瞬殺。

アタックドールは単体でも移動系攻撃アーツで瞬殺。

ふぅむ……面白そうですね。人形同士の連携忙しそうですけど。

無防備の本体にはドリーさんが護衛に付いて、抜けてきたゴブリンを張り倒していますね。スチームパンク風アレンジのメイド服で《格闘》です。

エリーは《鞭》で足止めしたり妨害しながら、レティさんが短剣でとどめを刺して回ると。

敵が弱いですが数は多いので、ある程度上がってくれると良いんですけどね。まだ1次スキルのパッシブ系がそこそこ上がるとは思うのですが……。

一号のところへ《蛇腹剣》の【グランスラスト】で攻撃して一掃します。状態異常でＨＰ減っているので楽々。まあ……どうせすぐに囲まれるんですけどね。《蛇腹剣》の経験値稼ぎには良いでしょう。まだ低いですからね。

こっちに飛んでくる遠距離は反射して別のに当てます。遠距離攻撃Ｍｏｂは私にとってダメージソース。

そう言えば、今回もライドバグに乗ったシーフは来るんですかね？　来たら上に行きましょうか。しかしフェアエレンさんとかもいるので大丈夫な気もします。今なら弓使ってる人の大体が対空持ってるでしょうし……。

「ふと思いましたが、もう総隊長しない方が良い気がしますね……」

「なんでー？」

「進化してから視界が変わって遠くが見えない。こういった防衛戦だと、司令部から全体が見えないのは致命的だと思ってね」

「あ、その目隠し飾りじゃなかったんだ……」

いやはや、こんなところに障害が出るとは思いませんでしたね。スキルレベルでそれなりに範囲は広がっていきますが、範囲外はぼんやりとすら見えないのが問題です。逆に範囲内なら範囲ギリギリだとしても角度を自由にバッチリしっかり見えるのですが……。

「あ、いや……一号を霊体で派遣すれば【ビジョンシップ】で見れますか。しかし召喚制限もあることですし、むむむ……。それに総隊長じゃなければこうして最前線出れますからね。やはり今後はやめておくべきか？」

「お姉ちゃんのバフを受けれないのは惜しい」

「統率系スキル上げには良いんだけどね」

逆に言うと総隊長の利点がそれしかないので、ボランティアと言われる所以ですね。しかも私の場合、統率系は使役系で上げられますし。

「ギャハハハハ！　汚物は消毒ダァ！」

「ウハハハハ！　それがお前の力か！　お前には足りぬ！　筋肉、筋肉、筋肉！　そして何よりも──筋肉が足りない！」

「手応えがないわあ！」

美月さんがめっちゃドスの利いた声で言いながら、ゴブリンをなぎ倒しています。が、今何か濃いキャラいませんでしたか？　まあ……良いか。

そんなことより、ある意味ボーナスステージである今回で、低いスキルの底上げを図りたいですね。《蛇腹剣》にパッシブ系、状態異常系もそうですし、《聖魔法》と《影魔法》も上げたいところです。それにカウンターである《揺蕩う肉塊の球体《スフィア・クレマス・ウェイヴィー》》辺り。

低くはありませんが、一号とリジィを出しているので、《死霊秘法》と《アンデッド統括》、《偉大なる術《アルス・マグナ》》は勝手に上がるでしょう。

あー……一号はあえて《高位物理無効》を外しますか。そうした方が《聖魔法》を上げられます。別のスキル持たせましょう。一号を再召喚。

……抱え込ませても余裕ですね。この方針で行きましょう。

「あ、ライドバグ来た！」

「そう言えば司令部は大丈夫でしょうか？」

「ダメなら救援要請来るでしょー」

それもそうか。さすがに即死はしないでしょう。

初回よりエリートの数は増えていますが、一陣率いる人外飛行部隊と地上からの対空射撃によって、ボトボトとエリート達が降ってきます。

「いっっってぇ！　クソゴブが！」

「上から降ってくるの普通に危ないんですがそれは」

正直、頭上注意ですね。

私の上に降ってきたゴブリンを触手で叩いて逸《そ》らし、落下地点の地面から触手を生やして百舌《もず》の早贄《はやにえ》が完成。

「ふふ……哀れですね。まるで炎に向かう蛾《が》のようです」

「言い方よ。どこの悪役だ？」

「捕れたてですがどうです？」

「丁重にお断りさせて頂きます」

「残念です。あ、状態異常が有効だったので溶けてしまいましたね」

「それ食べたら死ぬよねぇ⁉」

まあ、そもそもゴブリンの肉は食用になりえないらしいですが。ゴブリンは数が多いのに活用できるのが魔石のみ。持ってる装備もしょぼいですからね。鉄装備まで行くとまあ良い物。鉄は何かと入り用です。プレイヤーからするとあんまりですが。

一号を抜けて私に攻撃してくるゴブリンは放置して、触手の反撃に殴られては怯《ひる》み、また殴って反撃で怯み、しかも状態異常も付くので実に哀れです。このＡＩに逃げるという選択肢がありませんからね。

スキル上げにご協力くださり、誠にありがとうございます。

ついにエリート達が動き始めました。ある意味本番はここからですね。他の場所では降ってきたエリートをタコ殴りにしています。

「数体抜けたっぽいでござるな」

「ま、暇してるだろうし良いんじゃね？」

「ねー」

ルゼバラムさんが言う通り、このイベント、総隊長達は見てるだけですからね。暇潰しにはなるでしょう。

リジィは……問題なし。一号は……さすがに包囲されるといい感じに減り始めますか？　《聖魔法》が捗りますね。

私？　私はジェネラルクラスにならないと話になりません。《高位物理無効》をそもそも抜けませんからね。

「……ん？　おっと……」

「あ、無傷なんですね」

「《高位魔法無効》も持っているので、【エクスプロージョン】はギリギリ範囲内ですね」

魔法防御系も上げたいので、どんどん撃って欲しいのですが。

……今度インバムントの港で棒立ちしてましょうかね？　カラビーヌプワソンからの魔法とか、フィーラーカルキニオンからの触手。あれらが防御系上げにとても良さそうでは？　無効系でダメージ受けなくても、被弾判定は行われているわけで、経験値入りますからね。

【グランスラスト】で一号に集まってるのをなぎ払います。瀕死《ひんし》で残ったのは一号に向かい、反撃されて死ぬので放置ですよ。すぐ新しいエリートが補充されますから、思ったより美味しいクエストですね。３次スキルになるとどうか分かりませんが……。

「そろそろ別のエリアでワールドクエスト発生しませんかね？」

「そういや、まだここだけかー」

「クロニクルクエストが始まったし、連動するのも何個かあるんじゃないかな？」

確かにセシルさんが言うことは有り得そうですね。

教会関係しかやってませんし、探してみるのも面白そうですが……はて。

「後はほら、純粋にここのゴブリンみたいなキーを達成してない」

「ゴブリンは討伐数でしたっけね」

「三陣の成長待ちじゃないかな？　散らばれば嫌でも見つかるでしょう」

それもそうですね。正直インバムントのワールドクエストが気になります。海戦とかしませんかね？　とても楽しみです。

片付いてきましたね。そろそろジェネラルが動くでしょうか？

「そろそろ動くでござるか？」

「そういや、最後のラッシュ総隊長大丈夫か？」

「あれでござるかー……」

「タンクも育ってるわけだし、大丈夫でしょ」

「ああ、それもそうか。一陣のタンクならジェネラル超えてるか」

今回のジェネラルは37レベですね。前回は36だったので1だけ高いです。他のゴブリン達のようにジェネラルも多少のレベル幅があるのでしょう。とは言え一陣は既に40超え。問題はないはずです。

いい感じにスキルが育ちますね。

《蛇腹剣》の10は【エアスラスト】ですか。【グランスラスト】の空中バージョンですね。残念ながら既に出番は過ぎています。

「動き出したぞー！」

「お、行こうじゃないの」

私はどうしましょうかね……。

んー……触手でジェネラルを叩きつつ、他と遊んでいましょうか。リジィをジェネラルに向かわせても良いですね。しかし、大体の人がボスに釣られるでしょうから……今が一番のスキル上げチャンス！

ということで、ジェネラルは気が向いた時に触手で殴り、状態異常にするだけにしましょうか。とかやってたら、ジェネラルが一陣タンク達に完封されてリヨナラしました。もうあの時のような栄光はないのです……。

成仏してください。

「『俺達の勝利だ！』」

《《ワールドクエスト：始まりの町防衛戦、完了》》
《《クエスト評価を確認中………》》
《《総隊長死亡回数……………０回》》
《《部隊長死亡回数……………０回》》
《《異人兵死亡人数…………２５２８人》》

《《防衛対象の被害…………０％》》
《《住人死亡人数…………０人》》
《《クリア評価…………Ｓクリア！》》
《《更にパーフェクトクリアとして、報酬にボーナスが追加されます》》
《《無傷で守りきったため、住人からの異人に対する評価が上昇しました》》

というか、終わりのセリフが人によって違うんですね？　考えられるのはキャラの立場と性別でしょうか。開始も違ったような……？　まあ……良いか。

ベースも1だけですが上がりましたし、スキルの底上げもできて、15万のお金。うん、まだ美味しいと言えますね。

さて、町に戻ってゆっくりスキルの確認しましょうか。

お金も預けたいですし、ゴブリン素材というゴミが沢山来たので、処分したいですからね……。

■公式掲示板5

【ゴブリン軍団！】始まりの町ワールドクエスト【2回目】

1. 運営

ここは現在始まりの町で発生中のワールドクエストに関するスレッドです。
イベントに関する総合雑談スレとしてご使用ください。

562. 防衛中の冒険者

ごぶごぶ来たかー！

563. 防衛中の冒険者

これCMで見たイベントかー！

564. 防衛中の冒険者

この人数大丈夫なのか？

565. 防衛中の冒険者

それな。さすがに分けるんでね？

566. 防衛中の冒険者
二陣からしても格下になってそうだし、一陣は言わずもがな。
567. 防衛中の冒険者
レベルや開始時期で分断かね。
568. 防衛中の冒険者
初見時のあのワクワクを体験して欲しいもんだしな。
569. 防衛中の冒険者
そうだな。
570. 運営
分断する予定なので、ユニオンを組んでおいて下さい。後々ＧＭが向かいます。
571. 防衛中の冒険者
おー、分断か。了解。
572. 防衛中の冒険者
あいよー。
573. 防衛中の冒険者
うんえー、掲示板は？
574. 運営
分断後、掲示板も分断されます。イベント終了後、それぞれの掲示板ログが公開され、見れるようになります。

575. 防衛中の冒険者

　了ー。

【ゴブリン軍団！】第一サーバー【2回目】

1. 運営

　ここは第一サーバーへ飛ばされた人達用のスレッドです。
イベントに関する総合雑談スレとしてご使用ください。

134. 防衛中の冒険者

　ほんで、どんな感じだ？

135. 防衛中の冒険者

　一陣と二陣の戦闘組ばっかじゃね？　知らんけど。

136. 防衛中の冒険者

　全員把握とか不可能だし、その必要もないからな。そんなもんだろ。

137. 防衛中の冒険者

　まあ、見覚えあるのが多いのは確か。

138. 防衛中の冒険者

とりあえずあれだ、初回隊長組が前線にいる。

139. 防衛中の冒険者
あれ基本的には1人1回なんかね。

140. 防衛中の冒険者
まあ、戦いたいだろうしな。

141. 防衛中の冒険者
ぶっちゃけ1回やりゃ十分だろ。

142. 防衛中の冒険者
そんな感じするわ。

143. 防衛中の冒険者
思ったんだが、住人と協力すればギルマスが総隊長やってくれそうじゃね？

144. 防衛中の冒険者
ああ、そうだな。でもそうすると、エリートシーフとライドバグが向かうだろ。

145. 防衛中の冒険者
そうか、冒険者達に行っちゃうのか。多少被害が出る可能性があるわけか。

146. 防衛中の冒険者
Sクリア狙うなら参加させないのがベストだな。少なくともこのクエは。

147. 防衛中の冒険者

ものによってはお助けキャラとかいそうだよなー。
148. 防衛中の冒険者
逆に協力した方が楽になるパターンな。
149. 防衛中の冒険者
そうそう。
150. 防衛中の冒険者
他のワールドクエストも探さんとな。

1037. 防衛中の冒険者
ゴブゴブこんないたっけか。
1038. 防衛中の冒険者
そこそこ前だし、覚えてねぇや。
1039. 防衛中の冒険者
俺らからしたら完全に格下だし、別に問題はないべ。
1040. 防衛中の冒険者
まあそうなんだがな。
1041. 防衛中の冒険者
問題は無いが……ホブゴブが多いな？

1042. 防衛中の冒険者
やっぱり？　そんな感じがしてた。ちょっと比率がゴブリンよりホブゴブ寄り。
1043. 防衛中の冒険者
でもまあ、所詮ホブゴブである。
1044. 防衛中の冒険者
まあな！
1045. 防衛中の冒険者
姫様が名状しがたいものを召喚した。
1046. 防衛中の冒険者
何じゃありゃ。でけぇな……。
1047. 防衛中の冒険者
なんか回ってっし。
1048. 防衛中の冒険者
姫様なら《死霊秘法》だろうが……特殊素体か。
1049. 防衛中の冒険者
可愛い子出てきた！
1050. 防衛中の冒険者
呪文みたいなのがあったな。特殊系か？

1051. 防衛中の冒険者
あれ【夢想の棺】か！
1052. 防衛中の冒険者
なんぞ？
1053. 防衛中の冒険者
《死霊秘法》にある特殊魔法だな。《死霊魔法》にもあるかは現状不明。
《死霊魔法》系の主力になるんじゃないかって予想されてる、遺体をしまうとそれを召喚できるようになる魔法。
1054. 防衛中の冒険者
《死霊魔法》っぽいな！
1055. 防衛中の冒険者
あの娘表情動いてないな。
1056. 防衛中の冒険者
菫色《すみれいろ》で左側サイドテール。ルビーのような赤い瞳。童顔。直線眉。つり目。泣きぼくろ。小さい口。肉付き普通のロリ体型に大きい斧《おの》！　実にすばらっ！
1057. 防衛中の冒険者
運営さん　>>1056　この人です。
1058. 防衛中の冒険者

おい待て！　まだ何もしてない！

1059. 防衛中の冒険者

まだ。

1060. 運営

まだセーフです。

1061. 防衛中の冒険者

許された。

1062. 防衛中の冒険者

私は許そう…………だがこいつが許すかな！

1063. 防衛中の冒険者

あの流れ草生えるからずるい。

1064. 防衛中の冒険者

女の子の情報はともかく、俺は斧が気になる。

1065. 防衛中の冒険者

あの斧格好いいよな。俺も気になる。

1066. 防衛中の冒険者

有名人達の戦闘も気になる。イベントから何か変わったろうか。

1067. 防衛中の冒険者

人外組は進化してるし、どうだろうな。
1068. 防衛中の冒険者
お、もうすぐ始まるな。

4502. 防衛中の冒険者
こーれは酷い。
4503. 防衛中の冒険者
割と楽だな。
4504. 防衛中の冒険者
と言うか余裕？
4505. 防衛中の冒険者
こう……前にやったやつをまたやって、楽に感じると強くなったと実感するよな。
4506. 防衛中の冒険者
そうだな。
4507. 防衛中の冒険者
たかし……大きくなったわね……。
4508. 防衛中の冒険者
母ちゃん……俺、頑張ってるよ……。

4509. 防衛中の冒険者
なんかたかし君久々に見た気がするわ。
4510. 防衛中の冒険者
頻繁に見る方がおかしいと思うんだが？
4511. 防衛中の冒険者
違いない。
4512. 防衛中の冒険者
状態異常の検証中に目撃情報のあった触手ってあれか……。
4513. 防衛中の冒険者
まさに人外。
4514. 防衛中の冒険者
マジ神話生物。
4515. 防衛中の冒険者
ゴブリンの攻撃を避ける事もせず叩《たた》き斬る姫。絶対に一般的な姫じゃない。
4516. 防衛中の冒険者
触手も出すし、変なのと女の子従えてるしな。
4517. 防衛中の冒険者
属性がマニアックすぎる。

4518. 防衛中の冒険者
　でも、嫌いじゃないでしょう？
4519. 防衛中の冒険者
　まあ。
4520. 防衛中の冒険者
　人間の業は深い。
4521. 防衛中の冒険者
【悲報】モヒカンと美月《みづき》が手を組んだ【視界がヤバい】
4522. 防衛中の冒険者
　悪魔合体か？
4523. 防衛中の冒険者
　出会わせちゃいけない奴らが出会っちまったようだな……。
4524. 防衛中の冒険者
　奴ら既に知り合いっぽかったけどな……。
4525. 防衛中の冒険者
　まともなＲＰ勢いねぇの？　キャラ濃すぎだろ。
4526. 防衛中の冒険者
　ベネットとかな。

4527. 防衛中の冒険者
　お嬢様組がまとも。
4528. 防衛中の冒険者
　キャラ濃いのはどうしても印象に残るからしゃあない。
4529. 防衛中の冒険者
　お嬢様キャラは確かにまともなんだが、あの人達はこう……なんか違う。分かる？　分かって。
4530. 防衛中の冒険者
　ああ、うん。分かるぞ。滲《にじ》み出るオーラというか、こう……ガチ臭がな……。
4531. 防衛中の冒険者
　それな！　空気が違うよな！
4532. 防衛中の冒険者
　後あのメイドさん怖い。目の笑ってない笑顔超怖い。子供泣くで……。
4533. 防衛中の冒険者
　安心しろ。子供には向けないから。お前みたいな大っきな子供には向くけど。
4534. 防衛中の冒険者
　悲しい。
8531. 防衛中の冒険者

何ということでしょう……あれだけ苦労したジェネラルが嘘《うそ》のよう。
8532. 防衛中の冒険者
まあ、タンクがちゃんとタンクできるだけでだいぶ違うわな。
8533. 防衛中の冒険者
たまに触手が出てきてジェネラル殴って状態異常にしてくの草。
8534. 防衛中の冒険者
姫様の仕業。
8535. 防衛中の冒険者
完全にスキル稼ぎ扱いです。本当にありがとうございました。
8536. 防衛中の冒険者
格下だがさすがにこの数だと経験値うめぇな！
8537. 防衛中の冒険者
ほんとな。
8538. 防衛中の冒険者
でも次来るとさすがに微妙そうだ。別の所探すべきだな。
8539. 防衛中の冒険者
もう少し人が散らばってくれりゃなー。
8540. 防衛中の冒険者

条件探すのも大変だからな。

8541. 防衛中の冒険者

と言うか、狙ってやるのはぶっちゃけ無理感ある。

8542. 防衛中の冒険者

後続組の散らばり待ち。

8543. 防衛中の冒険者

あっ……。

8544. 防衛中の冒険者

さらばジェネラル……良い奴だったよ……。

8545. 防衛中の冒険者

君の事は……次の防衛戦まで忘れる。

8546. 防衛中の冒険者

薄情者め！

8547. 防衛中の冒険者

うるせぇ！　お前だって忘れんだろ！

8548. 防衛中の冒険者

当然だよなあ？　フィールドにいないのが悪い。

8549. 防衛中の冒険者

そういや、まだ通常フィールドでは見てないな。
8550. 防衛中の冒険者
いや、ジェネラル支配級じゃん？　通常にはいないんじゃね？
8551. 防衛中の冒険者
……そんなのありましたね。
8552. 防衛中の冒険者
仮にも将軍だからなー……。
8553. 防衛中の冒険者
将軍（笑）
8554. 防衛中の冒険者
止めて差し上げろ。
8555. 防衛中の冒険者
彼だって必死に生きてたんだ！
8556. 防衛中の冒険者
俺達に狩られるためにな。
8557. 防衛中の冒険者
真理。
8558. 防衛中の冒険者

悲しいけどこれ……ゲームなのよね……。

8559. 防衛中の冒険者
敵はプレイヤーに倒されるために誕生するのよ、たかし。

8560. 防衛中の冒険者
じゃああいつも倒さなきゃ！

8561. 防衛中の冒険者
止めなさいたかし！

8562. 防衛中の冒険者
致命的な教育ミス。

8563. 防衛中の冒険者
致命的な致命傷。

8564. 防衛中の冒険者
頭痛が痛い。

8565. 防衛中の冒険者
力こそパワー。

8566. 防衛中の冒険者
禁断のタブー。

8567. 防衛中の冒険者

リアルな現実。
8568. 防衛中の冒険者
ＩＴ技術。
8569. 防衛中の冒険者
なんで二重にダブってんだ。
8570. 防衛中の冒険者
お前もな。
8571. 防衛中の冒険者
一瞬ＩＴ技術が分からなかったわ……。
8572. 防衛中の冒険者
インターネットテクノロジーテクノロジーな。
8573. 防衛中の冒険者
ガチか分からないタイミングで入れるのはやめろ。
8574. 防衛中の冒険者
はい。インフォメーションテクノロジーで情報技術な。
8575. 防衛中の冒険者
日本語って難しいよな。
8576. 防衛中の冒険者

そうな。わざと使ってるのか分からんしな。

8577. 防衛中の冒険者
カタカナ入れると格好良く見えるのがいけない。

8578. 防衛中の冒険者
プルプルンゼンゼンマン！

8579. 防衛中の冒険者
いつ見ても笑えるからやめろ！

8580. 防衛中の冒険者
深紅の死神ですね、分かります。

8581. 防衛中の冒険者
俺のお勧めはナーゼンシュライムさ！

8582. 防衛中の冒険者
ほう、格好いいな。

8583. 防衛中の冒険者
だが意味を言ってみろ。

8584. 防衛中の冒険者
鼻水！

8585. 防衛中の冒険者

これだからドイツ語は！
8586. 防衛中の冒険者
草。
8587. 防衛中の冒険者
あ、終わるな。
8588. 防衛中の冒険者
これは酷いログ。
8589. 防衛中の冒険者
ログから余裕っぷりを察してくれ。

08　図書館

「お姉ちゃんなんか出たー？」

「ゴミが沢山」

「はい」

「はいじゃないが」

「次に来た頃には微妙そうだね」

「そうだね……別の所で発生すると良いけれど」

「まだ未実装だったりして」

「さすがに1個だけじゃないとは思うけど……どうだろうね」

話しながら町へ戻りまして、集団でエルツさんのところへ突撃。

「鉄武器だろ？」

「『いえす！』」

「へいへい」

リスト機能を使いさっさと済ませていきます。私も売り払いまして、今度は冒険者組合でゴブリン素材を買い叩《たた》かれます。いやまあ、元々安い挙げ句にみんな売りに来ますからね。普段より安かろうがインベ占領される方が邪魔なので処分します。

最後に商業組合。委託やらを確認して、お金を預けます。大体のプレイヤーがこの行動をするので、人口密度がですね……。

隣にいる妹と避難します。

「ふいー。ほんと増えたねー」

「増えたね。良いことだ。さて、マイハウスでスキル確認しようかな」

「私も行くー」

2人で私の離宮へ行きます。

庭にある椅子に陣取りまして、2人して花をガン無視してUIと睨《にら》めっこ。花よりデータ。まさにゲーム好き。

《聖魔法》

【リラクゼーション】

対象のスタミナを急速回復させる。

《影魔法》

【シャドウフェイク】

直前の状態を再現する実体なしの影分身。攻撃は不可。攻撃されると消える。

【シャドウポケット】
影をインベントリショートカットにできる。
《死霊秘法》
【夜天光陣】
陣を置くことで召喚体を強化する。
《偉大なる術《アルス・マグナ》》
下僕に与えられるスキル数：3個。
召喚時使用キャパシティ：進化するレベル×9。
下僕死亡時のキャパシティ消失：3割。
下僕浄化時のキャパシティ消失：6割。
《揺蕩う肉塊の球体《スフィア・クレマス・ウェイヴィー》》
球体が5個に。
《狂える無慈悲なもの《リレントゥレス・サヴェージ・ワンズ》》
触手が3本に。

【リラクゼーション】は他の人用ですね。我々にスタミナという概念自体がありませんからね。
【シャドウポケット】は……うん。そのままなので特に言うことはありません。強いて言うなら、ベルトポーチあるので不要。

《偉大なる術《アルス・マグナ》》君は、レベルが上がってきていい感じになり始めましたね。まだ死亡時は《死霊秘法》単品より悪化してますが、使用キャパシティも減りだしたのは良いこと。

球体と触手もそのまま。触手が1本増えたので、マクロを弄るぐらいですかね。

そして検証が必要なのは【シャドウフェイク】と【夜天光陣】です。

早速試しましょう。【シャドウフェイク】からですね。

「なるほど？　確かに説明通りではありますか」

「使い道がいまいち分からん魔法だね？」

直前の状態。言い換えれば、魔法使用時の体勢そのままの影分身をその場に生成する魔法ですね。

フェイントなどには使えそうにない……と。

「敵をおびき出すのに使えなくもない……かな？」

「わざと見つかってから入れ替わる？　ダンジョンの角とかでは使えるかな……」

では次、【夜天光陣】ですね。夜天光……月などの天体がなくても見える淡い光でしたっけ？

まあ、なんでも良いか。大事なのはゲーム内の仕様。

早速使用。おや、座標指定型ですか。しかも……なんですかねこれ。指定座標を中心に球状で範囲指定。それとは別に指定座標からラインが4本。

「んんー……？　んー……」

「謎なもの覚えた？」

「ああ、そういう……？」

とりあえず1個設置してみると、魔法陣的なエフェクトが表示されて消えます。

「消えたよ？」

「んー……魔力視で見えるね」

【夜天光陣】の魔法陣と【夜天光陣】の効果範囲が薄らと見えるように。効果範囲は魔法陣を中心に球状ですね。これが設置時に見えていた一つでしょう。

では伸びているラインに従い、更に【夜天光陣】を離れたところに設置。同じように魔法陣的なエフェクトが表示されて消えました。ただし、魔力視を有効にすると最初に置いた陣とラインで繋《つな》がっていますね。2個置いたので球状の効果範囲が2つ表示されています。

もう1個離れたところに設置すると、3個がラインで繋がり三角形に。それによって球状に表示されていた範囲が三角形の内側のみになりました。

ラインに従い陣を設置していきましょう。

「なるほど、最大は7個ですかね」

「置いていくと効果上がっていくタイプかな？」

「範囲が変動して数値も上がっていくはず。範囲だけで見れば1個が広いけど、置く手間があるのに数値まで同じなら1個だけでいいし」

検証した感じ、1～2個だと球状。3個だと三角。4個で四角。6個で六芒星《ろくぼうせい》。7個でクロウリーの六芒星ですね。六芒星の中心に設置するとなります。

強化具合は後でラーナの方へ行って確認すればいいでしょう。

スキルの確認はこのぐらいですね。

「3次スキル入った！」

「お、60だっけ？」

「うん。ＳＰは10。どれを3次にするかちゃんと考えないと……」

「《高等魔法技能》がもう少しかなー……」

「こっからが本番らしいけどね！」

「私はメインの大半が種族スキルだから多少は楽かな？」

「うらやま」

まあ、そもそも１００レベまで上がるようなスキルも多いんですけど。

「そう言えばお姉ちゃん、《超高等魔法技能》見た？」

「特に見てないけど？」

「《超高等魔法技能》も結構トリガーになってるらしいよ。持ってる魔法によって便利系の魔法が一気に使えるようになるとか」

気になりますね？　どれどれ……。

【落下制御《フォールダウン》】

落下速度を下げ、落下ダメージを軽減させる。

【氷上歩行《アイスニーク》】

氷の上を普通に歩けるようになる。

【落下制御《フォールダウン》】はソフィーさんが言っていたやつですね。《風魔法》30と《超高等魔法技能》で解放

……私覚えられないじゃないですか。まあ……私の場合不要か。

【氷上歩行《アイスニーク》】は《氷魔法》と《超高等魔法技能》ですか。スパイクでも付ければ不要そうですが、魔法使うだけで良いというのは利点でしょうか。まあ、選択肢が多いのは良いことですね。

それはそうとこれ……。

「これ、4属性が取れない私は大半が覚えられないのでは？」

「お姉ちゃんそもそも種族的にいる？」

「んー……いらないかな……」

「ですよね」

「いやでも、【消音魔法《サイレント》】や【消臭魔法《デオドラント》】辺りは欲しいね。【防汚魔法】も良いし」

「うちはＰＴで使えるようになるし良いかなー？」

「アルフさん持ってないし、スケさんも闇！　双子は闇以外あるんだろうか？」

「種族がねー……」

人外系のデメリットか……。とても地味なデメリットですね。系統を合わせると魔法が偏る。まあ詰む時は詰むのが人外系なので、そんなものでしょう。

空間系の解放情報がまだ出ていませんね……結界に期待しましょう。

「そう言えばお姉ちゃんぽーよん作れるよね？」

「うん？　まあ、錬金で作れるものならね」

「お姉ちゃんからも買えるー？」

「んー……基本的には自分用しか作ってないからなー」

「品質さえ高ければ多少高くても良いよ！　サルーテさん人気だからさー。売り切れもあるんだよー。お姉ちゃんから買えるなら探し回る手間が省けるわけよ！」

「なるほどね。魔法職だからMP回復系は畑に用意してるけど、HPはほぼないよ？　自動回復あるし、魔法もあるし、そもそもあんま被弾しない」

「こっちもHPはあんま使わないから良いかな。やっぱダメージソースのMPぽーよん沢山使う」

「まあそうよね」

基本的にポーションの値段はHPよりMPが高い。魔法で回復してMPポーション飲むなら、HPポーション飲んだ方が安上がりの可能性もあります。

当然一番良いのは余計なダメージを受けないこと。HPポーションの方が安いとは言え、お金はかかっていますからね。

上手いPTほど被弾が減るので、HPポーションの使用量は少なくなります。ポーションの使用時間も減るので、その分経験値稼げますし。

ガッツリ持っていかれる狩り場でもない限り、そろそろ使っておこうか……ぐらいの使用量でしょう。私の場合は、数発程度なら自動回復で良いか……になるので。種族的にHPに防御力、回復力がありますからね。

「MPポーション系なら畑に素材があるから、そこそこ在庫はあるかな」

「エクス？　メガ？」

「メガポだね」

［回復］　メガMPポーション　レア：No　品質：B＋
主に40レベル帯で使用される、MPを回復させる魔法薬。
丁寧に作られたため、一般的な物より多少回復量が多い。
不死者使用不可。

「お姉ちゃんから買えるな！」

「そう言えばMPならレモネードもあるね」

「レモネード？」

「MPリジェネ状態になるジュース。濃縮系よりもじんわりだけど、回復量は悪くないよ。脱水状態にも効くね」

「へー！　狩りする前にとりあえず飲んどけば良さそう。ポーション中毒を考えると貴重だ！」

レモネードは【瞑想《メディテーション》】に近い状態になりますね。

今はポーションもあるようなので、レモネードを売ります。

ちなみにポーション中毒は、ポーションを飲み過ぎるとステータスが下がるらしいですよ。低レベルのうちは薬効も強くないのでなりづらいようですが、レベルが上がるとポーションの薬効も上がるため、なりやすいようですね。

「そう言えば、濃縮以外にもリキュール系があるみたいだよ」

「お酒？」

「うん。リキュールポーション。普通のより回復量多いけど、飲み過ぎると酩酊《めいてい》するって」

「デメリットある分回復量は多いか。ポーション中毒考えると、リキュールはありかな？」

「レアスキルに《酔拳》が確認されてるから、持ってる人はリキュールだね」

《酔拳》は酩酊状態の時に威力を上げ、酩酊状態も和らげるらしいです。フラフラだけど、戦える程度にはなるようですね。

レアスキルなので条件は見れませんが、お酒飲みながら戦ってれば解放されるとか何とか。

妹と話しながらのんびり。

「今月のイベントは何かなー」

「10月はハロウィンでしょ」

「何やるんだろうね？　冥府来れたりしないかな」

「来ても何もないけどね。お店とかないし……」

「悲しい」

冥府、正直1回散歩すれば飽きるんじゃないですかね。

「というか、この世界だと冥府より妖精の国じゃない？」

「あー……お菓子かいたずらだもんねー」

「この世界、普通に薬師として魔女いるし？　元々は収穫祭だったらしいけどね」

「でも公式イベントだと世界観ガン無視してこない？」

「まあ……まあ、うん」

ここの運営油断なりませんからね。10月には入ったので、もう少しで発表されるでしょうか。

おや、ラーナとリーゼロッテが来ましたね。確認が終わったのでしょうか。

「確認は終わりましたか？」

「はい。どうやら1人いないようです」

「既に清算が終わっている可能性は？」

「年代から考えて、魂に手を出した以上ありえません」

「騎士団から逃れているわけですか」

寿命だ何だで勝手に奈落に行くとは思いますが、気にはしておきますか。

「宰相には？」

「伝えてあります」

「分かりました。地上に行った時は気にしておきます。普段から魂はチェックしていますので」

「もし見つけて手に負えないようでしたら、鍵で我々をお呼びください」

「分かりました」

「ではこれで」

リーゼロッテを連れて訓練場へ向かいました。これからどんなものかチェックするようですよ。頑張ってください。

勿論《もちろん》犯人の特徴は聞いてメモしておきました。

「何の話ー？」

「リジィ……魂の方はリーザにしましょうか。リーザに呪いをかけた者達が全員奈落にいるか、確認させてたの」

「で、1人いないと」

「みたいね。探せってクエストが発生してない。またなにかやらかすとして、何らかのクエストのバックボーン……というか、前科になるのかな？」

リーザに呪いをかけたのは私達プレイヤーが来る前でしょう。でなければ確実にワールドクエストが発生している内容ですからね。村一つ潰れている設定らしいので、ワールドクエスト規模。探せというクエストに派生しない以上、キャラ設定ですかね？　もしくは姿を見た瞬間捕らえろが発生するかもしれませんが。帝国側のワールドクエストの一つに関わりあるとか。

「あ、しくじりましたね。何の儀式をしようとしていたのか聞いてない」

「それ最重要じゃない？」

「いやほんとに。スキルの確認もしたいし……こっちから聞きに行きますかね」

魂を生《い》け贄《にえ》にするほどの儀式。まあ、ろくなことじゃないでしょうね。……贄が必要な時点でろくでもないか。

「む、狩り！」

「行ってらっしゃい」

リーナがミニポータルで転移するのを見送り、端の方にある訓練場へ向かいます。

ラーナとリーザが派手にやってますね……。

まあ、当然のようにラーナが楽々相手していますね。それこそ過ごしてきた時間が違いますし、レベル的にも格上ですから。地上ではリーザも英雄手前の大ベテランと言えるレベルですが、冥府はカンストしかいませんからね……。

先に検証しましょう。

一号を40レベのスケルトン素体……フルアーマースケルトンで召喚。スケ、赤スケ、メタスケと来まして、アーマースケルトンのフルアーマースケルトンですね。スケルトン達自前で鎧《よろい》着だすんですよ。まあボロいんですが、ちょっと強そうに見えます。スケさんが言うには防御力が多少高いらしいですよ。

さて、ＨＰゲージのメモリが細かい訓練用の的を攻撃させます。プリムラさんの射撃場のような物ですね。通常時と陣設置時を比べていきましょう。

やはり置いていくと強化されていく方向で間違いはなさそうですね。1個は範囲が広い分誤差に近いですが、強化はされているのでとりあえず置いとく……ぐらいで良いかもしれません。7個置くと結構な効果具合で、１・５倍ぐらいでしょうか。

さて……。

「ラーナ。儀式の内容は聞いていますか？」

「召喚の儀式だか言ってましたわね」

「……邪教徒か何かですかね。我々を呼ぶのに生け贄など不要でしょう？」

「当然不要です。それなりの魔力は使用するので、大体召喚するのは宮廷の魔法使いのはずですわ。私は剣士なので、細かいことは存じ上げませんが……主に王家や貴族のはずです」

ふぅむ。しかし彼ら……というか、我々を召喚したところで特に意味はない気がしますけどね？

原作とは違い、召喚されても暴れたりするような者達ではありませんし。

「召喚内容によっては暴れますわよ？」

「えっ」

「正確には召喚された対象にもよりますが……。召喚し用件を伝え、見合った報酬や代償を差し出せるなら、それは契約です」

ああ、リアル側で言う悪魔を召喚して契約するみたいなものですか。このゲームでは悪魔は天使の対となる存在なので、悪魔召喚とは言わないみたいですね。

つまり、召喚された異界のもの……召喚体の性格と相手の要求が一致すれば、報酬自体は大したことなくても了承する場合があると。

おや？　それはとてもマズイのでは？

「外なるものクラスになると、召喚自体生半可なことでは不可能なはずですわ。女神ステルーラに隔離されてますから」

「何を召喚しようとしたんですかね……」

「外なるものや我々以外となると……あ、まさか魔族……？」

「魔族？　どんな存在ですか？」

「物凄く性格の悪い邪悪な存在らしいですわ。確か宰相ぐらいの時代の話だったような……。知っているのは私の時代よりも昔に大規模な侵略があり、神々が動いたとか。その時に地上に降りた魔族達と大規模な戦争をしていたはず……」

歴史系の本を漁れば出てきそうですね？

とりあえずメインストーリーになりそうな存在が魔族とメモしておきましょう。リアルで言う悪魔＝こちらの魔族……と。神々が出張っている以上、トップは魔王如きではなく魔神でしょうね。

「サイアー」

「なんでしょう」

「あいつらはこんな感じのお揃《そろ》いのマークを身に着けてた」

リーザが教えてくれたのは、点を中心に手裏剣のように3本のくねった棒が……ん？　見覚えがありますね。えー……イエローサイン？　ハスターだこれーっ！

ハスターにはまだ会ったことありませんね。さて、どんなキャラをしているのか……それが問題です。場合によってはこの教団……か知りませんが、潰した方が良いのでは？　深淵《しんえん》行きますか？

とりあえず魔族は関係なさそうですね。

それにしても……ハスターもクトゥルフ神話のグレートオールドワン。つまりステルーラ様信仰なはずなので、魂の要求はありえないと思うんですが？　魂は女神ステルーラの管轄。それを要求するなどありえないはず。

ふぅむ……？

「基本的に有名にならないと召喚などされませんが、ネメセイアは有名ですからね。それとは別に裁定者も呼ばれる可能性があります。外なるものは変なのに好かれますね。最近召喚を聞きませんが。平和なのか忘れているのか判断できませんけれど」

「前は結構あったのですか？」

「割とありましたよ？　国によっては大事な裁判などに裁定者を召喚するのですが……宰相には話が行っているでしょう。報告するはずですもの」

「宰相のところへ行ってから、深淵でハスターを確認してみましょうかね……」

では訓練場を後にしまして、お城の宰相の元へ向かいます。

「さいしょー」

「なんですかな？」

「最近裁定者は召喚されてます？」

「む？　されていたはずですな。えー……クリクストンで47年前ですな」

「召喚頻度に変化はありませんか？」

「気になると言えば、ディナイトはまだありますかな？」

「ありますよ」

「一番召喚頻度の高い帝国からの召喚がないのが気がかりですな」

クリクストンは……北の大陸西の王国ですね。

そして宰相はディナイト帝国から召喚がないのが気になっていると。

「どのぐらいの頻度だったんです？」

「数年に1回ですな。領土が大きい分馬鹿も増える。馬鹿を黙らせスムーズに、そして確実に処罰するため、裁定者を召喚し同席してもらうわけですな」

「どちらも下手なことはさせずに、粛々と法に則り進めるわけですね？」

「ですな。無駄に喚《わめ》いて進行のジャマをすると裁定者が《裁定の剣》を振るうでしょう。裁定者の前で嘘《うそ》を重ねれば、そのまま罪が重くなる」

裁定者はどちらの味方ではなく、その国の法が正常に機能しているかを見届ける役。善人というだけではダメなので、不死者の役割の中でも裁定者は数が多くないようですね。レア職業！

まあそんなことより……召喚方法を教えてもらい、メモしておきます。住人に伝えられるでしょう。

「宰相、外なるものの召喚方法は知っていますか？」

「ハッハ、それは本人達に聞いてくだされ」

「はい。では深淵へ行ってきます」

ということで、今度は深淵のパブリックエリアへ。

相も変わらず綺麗《きれい》なマップですよ。マップだけは。そこにいる者達の見た目があれなだけで。

さて、来たは良いですが……どうしたものか？　目的はハスターの性格確認。それ以外にも、外なるもの達の召喚方法。

最悪召喚されても、私のエイボンの書とスケさんのネクロノミコンで、退散させられる気がするんですけど……。

「なにそんなところで突っ立っているんだ？」

あ、ワンワン王だ。丁度良いので聞いてみましょう。

「外なるものが召喚できると聞いたのですが、方法は知ってますか？」

「む？　まあ知っているが、お前にはその鍵があるだろ」

ああ、この鍵で外なるものも呼べちゃうんですね。未来や過去には行けませんが、門は開けるので呼べるし帰れるか。ですが私は別に呼びたいわけではないんです。

「鍵で呼べるのは良い情報ですがそうではなく、外なるものを呼ぶのに魂の生け贄は必要ですか？」

「魂の生け贄？　そんな物はいらん。というかそんな物要求したら我々が怒られる」

「やはりそうですよね……となると、間違った方法が伝わっているんでしょうか」

「とりあえず詳しく説明してみろ」

リーザ関連の情報を話しておきます。

「……なるほどな。そう……だな。可能性としては、魂を使用することで魂の持つ膨大なエネルギーを利用し、召喚しようと考えたのだろう。ハスターへの贄ではなく、儀式のエネルギーとするのが目的だろうな」

「ああ、なるほど。そっちでしたか」

「我々を召喚するには人間だと数百人規模必要だからな。しかし、魂まで使用するというなら格段に減る。禁忌も良いところだが」

「ステルーラ様が許さないですよね？」

「確実にな。まだ何かしているようなら《消去する灼熱の鎖《アフォーゴモン》》がありえるやもしれん。自業自得だし同情などせんが」

とりあえず魂はハスターが要求したわけではないと。しかし教団的な物があることは分かっているので、ハスターのことはある程度知っておきたいところですね……。

「ところで、召喚されて地上がヤバそうなのはどれぐらいいますか？」

「安心しろ。精々国一つ持ってくぐらいでやめるだろうよ。神々に怒られる」

「人類からすると国1個でも被害甚大なんですけどね……」

「ふむ？　まあ些細《ささい》なことだ。止めたければ強くなって抑えられるようになるんだな。そうすればそういう役職が与えられるかもしれんぞ？　役職さえ持てば基本的には従うだろうよ。そういうルールだからな」

それカンストしろ言ってますよね？　何年後の話か。……外なるものの時間感覚からすれば一瞬なんですかね？

自分達の国が大事なら、召喚する前にしっかり対処しろ……とも取れますか。

外なるものからすれば住んでるのは深淵で、地上で国一つ消えようが影響ありませんからね。私の管理する冥府はえらいことになりそうですが！　大量の魂がやってくることになりますし。

「というか、物凄く損な立ち位置では？」

「自由に地上へ行けるんだ、役割的には適切だろう？　それに有無を言わせないほど強くなれば楽な立場だろ。頑張って支配種族になるんだな」

まあ、言われなくてもレベル上げはしますけど……。どのような役職が貰《もら》えるか、楽しみではありますね。

なんかもう、わざわざハスターに会う必要もなさそうですね。外なるものが召喚されたら、国一つ持っていかれるつもりでいた方が良さそうです。

「ところでお前、知識欲はそれなりにあったな？」

「ん？　人並みにはあると思いますけど」

「図書館には行ったか？」

「深淵にもあるんですか？　気になりますね」

「城から行けるぞ。行ってみると良い」

「夕食にはまだ微妙に時間ありますし……早速行ってみましょうか」

道を教えてもらったらミニマップにマークが付いたので、行ってみましょう。

ということで、まずはお城へ。

ここを曲がって……ここは真っ直ぐ。ここを曲がって……と。むむむ、綺麗な庭がありますね。

深淵にも庭師がいるんでしょうか？　見た目とのギャップが凄まじいことになりそうですが、今更か。

おや、あれは？

「……にゃんこ？」

お、にゃんこが振り向……目が3つありますね。ただの猫がこんなところにいるわけないか。特徴的な燃えるように赤い三つ目に黒い毛並み。ん……？　燃える三眼？

「ニャル……」

「ッチ……」

遊んでやがりますね。危うく騙《だま》されるところでした。図書館行こ。特に引き止められもしないので、ガチの遊びですよあれ。

あった。あの扉ですね。早速中へ……ん？　転移した！

おお……本棚が視界に入っている以上、ちゃんと図書館なのでしょう。マップ見る限り図書館と思えない広さですが……ん？　ミニマップの下にエリア名が出るのですが、ケラエノ図書館って書いてありますね。クトゥルフ系の図書館と言えばケラエノ図書館か。もしくはミスカトニック大学図書館？

それはそうと、扉に触れた瞬間にケラエノまで転移したわけですね。恐らく図書館最大級の広さなので、《直感》に期待するしかありませんか……。今までの図書館もそうしていましたけど。さすがに目的の本を探すのも大変ですからね。

受付に円錐《えんすい》状の何かがいますね。ケラエノ図書館管理生物。何という名前でしょう……NPC感が増し増しですね！

「ようこそケラエノ図書館へ。書物の持ち出しは禁止。メモは許可。綺麗に使う」

「分かりました」

利用許可は得ましたので、探索しましょう。

いや、既に《直感》が反応している？　……していますね。試しに近くの本を手に取り開いてみますが、何も書いていません。必要としていないのは見えないタイプですね！　楽でいい。

《直感》が反応しているのはこの棚ですね。光ってるのはどんな本でしょう。

えー……この2冊は後回しにしまして、これからいきましょう。

〈ケラエノ断章を、所持している言語スキル《古代神語学》で解読を開始します〉

〈特殊レシピ『旧き印《エルダーサイン》』を覚えました〉

〈特殊レシピ『星間の呼び笛』を覚えました〉

〈特殊レシピ『黄金の蜂蜜酒』を覚えました〉

〈特殊呪文【ビヤーキーの召喚】を覚えました〉

んんー……断章でこれとか、他の2冊がどうなることやら。

ねえ？　ハイパーボリア版『エイボンの書』。アブド・アル＝アズラッド作『キタブ・アル＝アジフ』。魔導書のやべーやつら。ＴＲＰＧだとシナリオブレイク＆キャラクターブレイクするので、まず出ることはない代物。

そもそもＴＲＰＧの方では存在しないと言われるハイパーボリア版は、本の形にされる前の完全なエイボンの書。ネクロノミコンのオリジナルであるキタブ・アル＝アジフも既になくなっているはずですね。

まあそれはＴＲＰＧの話なので、このゲームだと普通に目の前にありますね。このゲームにＳＡＮ値はない。つまり、喜んで読みますとも！

まずエイボンの書を棚から取り出し……あれ？　体の制御が奪われた……ここでイベント？

腰に吊《つ》ってあったエイボンの書と、ハイパーボリア版のエイボンの書が空中で向き合います。

そして、魔力を派手に撒《ま》き散《ち》らしながらお互いにペラペラとページが捲《めく》れ、ハイパーボリア版から私の持っていたエイボンの書に、文字のようなエフェクトが流れ込んでいます。コピーしているんでしょうか。ハイパーボリア版が白紙になったりしませんよね？　その場合確実に怒られるのですが……。

魔力を派手に撒き散らしているので、ケラエノ図書館管理生物が確認しに来ましたね……私まだ動けませんけど。

「ふむ……女神のお心のままに……」

あ、戻っていきましたね。そう言えば、私の持っているエイボンの書はＧｏで、ハイパーボリア版はＥｘですね。神器が起こしている現象なので、ケラエノ図書館管理生物もスルーですか。

終わったと同時に操作が返ってきましたが、太りましたね……ページ数増えたんですか。

［装備・武器］　エイボンの書　レア：Go　品質：S＋　耐久：―
禁断の知識が込められた超古代の魔導書。
ハイパーボリア版の完全写本品。
所有者に深淵の知識を与える。
【共鳴行動】：魔法使用を意識すると持ち主の周りを浮遊しながら付いてくる。
【オートスペル】：手に持つ必要がない。
【アンチスペルⅡ】：所有者に向けられた敵性魔法に自動抵抗する。
適用スキル：《本》《高等魔法技能》

ちょこっとだけ変わりましたね。説明の変化と【アンチスペル】が強化。他は変化なし。

ハイパーボリア版を確認しますが、コピーだったようで一安心です。特に覚える物はなし。この装備は他の武器と違って他の素材などで強化できないので、装備強化イベントですね？

では次、キタブ・アル＝アジフ。

本に触れると再び制御を奪われ、私のエイボンの書とキタブ・アル＝アジフが浮かび上がります。それも吸うんですか？　もはやエイボンの書ではなくなりますよね？

あー……どんどん本が丸々としていきますね……。

ちなみにこの2冊だけで1300ページ超え。エイボンで500、ネクロで800以上になります。よって、かなり分厚い。正直読むのに不便なレベル。幸いなのはゲームなので、本を持っている腕がプルプルしないことでしょうか。それ以前に、書物ではなく装備扱いなので読めませんが。

というか、その分厚さを腰に吊るすの嫌なんですけど？

コピーが終わったようですが、フワフワと本が移動していきます。私もそれを追って自動で歩いていきます。まだ操作が返ってきませんね。地味に長いイベントなのでしょうか。

というか、どこへ行くつもりでしょうか。もはや本に触れずとも、勝手に別の本から吸い取りながら移動しています。

地下へ行くだろう階段を降り、本棚を抜けてどんどん奥へ。

何やら厳重な扉の前で、くるくると本が回ると扉が開いていきます。扉をくぐると環境が変わり、どこかの洞窟のような場所へ。更に進んでいくと大量の触手をウネウネさせた無形の何かが視界に入ります。

その何かからアメーバ状の何かが分離して動いていますが、無形の何かの触手に捕まり取り込まれ、分離しては捕まって取り込まれを繰り返しています。

こちらも捕まえに触手が伸びてきますが、避けています。制御は未だにシステムが持っているので、演出ですね。

見た目としては……ショゴスが近いでしょうか？

私の装備はそのまま頭上……と言っていいのか分かりませんが、上を通って奥へ向かいます。私も装備を追いますが、触手の抵抗が激しくなり近づくのは不可能ですね。下がって装備を待つようです。

んー……？　ジメジメした洞窟にいる、触手が沢山の無定形。そして自分の体から分離した何かを取り込むを繰り返す……。あー……まさか、ウボ＝サスラとウボ＝サスラの雛《ひな》ですか。あれ、ウボ＝サスラのところにもヤバい石板か何かがあったような？　名前忘れましたけど。

把握できない距離なので、何してるか分からないんですよね……。

お、返ってきましたが……栞《しおり》？　いかにも魔導書的な本の見た目、結構好きだったのですが。

私をスルーして戻っていく栞を追って、再び図書館へ戻ってきます。私が扉から出ると栞が輝き、とても太ましくなった本が出てきます。本がくるくる回り扉が閉まると、栞に戻って私の腰に戻りました。


〈『称号：エイボンの書の完全解読者』が『称号：知識の海に漂いし者』へ強化されました〉


おやおや？　ようやく体の制御が返ってきましたね。分厚い本を吊るすのは避けたかったですし、栞が収納状態だと分かったので良しとしましょう。

戻りつつ確認をします。

［装備・武器］　旧《ふる》き鍵の書　レア：Go　品質：S＋　耐久：―

世界の叡智《えいち》が記された魔導書。所有者の求めた知識を与える。
【共鳴行動】：魔法使用を意識すると持ち主の周りを浮遊しながら付いてくる。
【オートスペル】：手に持つ必要がない。
【アンチスペルⅢ】：所有者に向けられた敵性魔法に自動抵抗する。
【ミラースペル】：使用した魔法が2連射される。
適用スキル：《本》《高等魔法技能》

ああ、そうか。ウボ＝サスラのところにある石板は旧き鍵でしたね。

使われることなく【アンチスペル】がⅡからⅢに。

そして新規の【ミラースペル】。言うまでもなく強い。とても強いですが、まだ使用条件をクリアしていないため能力がロックされています。悲しい。条件はベースレベル50以上かつ、《超高等魔法技能》所持。どっちもクリアしていませんね。

そして称号。

［知識の海に漂いし者］
その知識量は余りにも茫漠《ぼうばく》であった。

旧き鍵ですから、そうでしょうね……。

ケラエノ断章で覚えたやつは…………どこだ？　えー……《古代神語学》か！

【ビヤーキーの召喚】
ビヤーキーを呼んで運んでもらう。
魔力を込め、ハスターを崇めよう。間違えたら、最初から！
いあ！　いあ！　はすたあ！
はすたあ　くふあやく　ぶるぐとむ
ぶぐとらぐるん　ぶるぐとむ
あい！　あい！　はすたあ！

わぁ……呪文唱えるんですね。1回やってみたさはある。
そして他のレシピが……ふぅむ。

［道具］　旧き印《エルダーサイン》
魔族から逃れるための印。
扉や通路に記すと魔族が通れなくなる。
鎧に記しても一応効果はなくもないが、鎧以外は普通にダメージを受ける。
つまり旧き印《エルダーサイン》のペンダントなどを作ってもほぼ効果がない。

身につけないと不安なあなたは、盾にするのがベストだろう。

［道具］　星間の呼び笛
ビヤーキーを召喚するのに必要な笛。

《細工》系で石を削る。耐久が低め。修理不可。

《鍛冶》系で合金を作り、笛にする。耐久がとても高いが素材が大変。

召喚手順
石笛を作り、石笛に魔力を込め、笛を吹き、呪文を唱える。

込める魔力はそれなりに多いが、1回で込める必要もないので、回復を待って込めればよい。

呪文が必須なのは初回の1回だけ。ただし、毎回詠唱した方が多少丁寧に運んでもらえるだろう。

［飲料］　黄金の蜂蜜酒
一時的に真空と環境の変化の中を通り抜けるための耐性を得る。

とても優れるが、作るのがかなり大変。


呼び笛にも呪文が書いてあるので、魔法扱いの【ビヤーキーの召喚】を覚えるか、笛を手に入れれば召喚できるようですね？

そして旧き印《エルダーサイン》。神話生物対策が魔族対策に変わっています。やはりこのゲームの悪役は魔族のようですね。

さて、ケラエノ図書館管理生物さんに挨拶して帰りましょう。

出入り口の扉に触れると無事に深淵のお城へ帰ってきました。

早速作ろうにも素材がありません。呼び笛はそもそも《細工》か《鍛冶》系で私は持っていません。《鍛冶》は銀とメテオライトで合金を作り、その合金で作るようです。メテオライトが未発見。

旧き印《エルダーサイン》は形を作れば良いので割と幅は広いですが、作ったところで出番がありません。今のところ魔族云々《うんぬん》聞きませんからね。

黄金の蜂蜜酒は……自分の種族的に作る意味がないというか……。ゾンビと同じく呼吸の必要がありませんし、環境の変化の中は高温と低温での環境ダメージですよね。こちらも種族的に無効です。

つまり収穫としては装備の強化……旧き鍵の書がメインでしたか。まあそんな日もある。装備が強化できただけ上々です。

さて、そろそろ夕飯ですね。


夕食後、旧き鍵の書の挙動……演出を確認します。

始まりの町の周辺にいる兎《うさぎ》さんに付き合ってもらいましょう。

戦闘を意識すると栞が腰から浮いて、とても分厚い本に。歩くとフワフワ後ろを付いてきて、立ち止まると衛星のように周るのは以前と変わらず……と。

では魔法を……お、変わってますね！

今までは発動待機状態……ＭＰを消費して発動キーワードを言う直前の状態ですね。発動待機状態だと敵に向かって本が開き、ページをペラペラしながら私の周囲を自転しながら周っていました。

今は発動待機状態で前までの動きに加え、ページも飛び立つようになりましたね。ページが本の周りを舞っています。ちなみに手のひらを上に向けた状態で出すと、本はその手のひらの上で浮遊します。割とスタイルは自由だったり。

では次。前半は大丈夫でしょう。問題は……ぶぐとらぐるん、ぶるぐとむですね。ぶぐとらぐるんぶぐとらぐるん。ぶぐとらぐるんぶるぐとむ……よし。

やってみましょう。

【ビヤーキーの召喚】を選択。

旧《ふる》き鍵の書が私の正面に留まり、天に向けてページを開きます。ペラペラ捲った後止まり、魔法陣が……違いますね。イエローサインが浮かび上がりました。

これで呪文ですか。

「いあ！　いあ！　はすたあ！　はすたあ　くふあやく　ぶるぐとむ　ぶぐとらぐるん　ぶるぐとむ　あい！　あい！　はすたあ！」

呪文中にＭＰが消費されていき、言い終わると同時にイエローサインが輝いて溶けるように消えました。結構遅めに言っても良いようですね。

空から翼をバサバサさせながらビヤーキーが来ました。

ビヤーキーを簡単に言うなら……そうですね、人間のような皮膚や目を持ち、コウモリのような

翼を持った蟻《あり》……でしょうか？　尻尾もあるし、トカゲっぽい口してますけど。身長は2メートルから3メートル。

ちなみに地上は時速70キロぐらいで飛び、気圧が下がるほど飛行速度が上がる。つまり普通の生物が運んでもらう場合、寒さ対策は必須ですね。このゲームで宇宙空間に運んでもらうことはないでしょう。

「む……？　ああ、新入りか。話は聞いている」

「先程召喚方法を知ったので、試してみたかったのです。以後異人達がお世話になるかもしれませんが、よろしくお願いしますね」

「手順を踏むなら構わない。それで、どこかへ行くのか？　挨拶だけか？」

「挨拶です」

「うむ、ではな。ハスター様を布教しておけ！」

と言って飛んでいきました。ビヤーキー喋《しゃべ》れるんですよね。

ハスター……布教して良いものか。移動に馬ではなくビヤーキーを使うなら、いあいあすることになるでしょうけど……。

掲示板で布教して寝ますか。

今日からあなたもハスター教団ＤＡ！　存分にいあいあしてください。

■公式掲示板６

【次のイベント】総合雑談スレ　１１２【何かな？】

1. 休憩中の冒険者
ここは総合雑談スレです。
自由に書き込みましょう。
ただし最低限のルールは守らないと、運営が飛んできます。
いやほんとに。最悪スレごと消されるからマジやめろ。
前スレ：http://＊＊＊＊＊＊＊＊
>>940　次スレお願いします。

653. 休憩中の冒険者
姫様がいあいあしてる！

654. 休憩中の冒険者
は？

655. 休憩中の冒険者
いあ！　いあ！　してる！
656. 休憩中の冒険者
そりゃ前からしてるだろ？
657. 休憩中の冒険者
そうじゃなくて、うわぁ……ビヤーキーだ。
658. 休憩中の冒険者
なんかキモいの来たあああああ！
659. 休憩中の冒険者
ビヤーキーだと⁉
660. 休憩中の冒険者
いあいあ詠唱してた。
661. 休憩中の冒険者
召喚できちゃうのかよ。
662. 休憩中の冒険者
できちゃってますなあ。
663. 休憩中の冒険者
そろそろ寝る時間だし、寝る前か起きてから情報入るやろ。

664. 休憩中の冒険者
攻略板に情報来たぞ。
665. 休憩中の冒険者
姫様は大体攻略か生産だからな。
666. 休憩中の冒険者
乗り物扱いなのか。馬買うより良さそうだな？
667. 休憩中の冒険者
見た目を除けばな。
668. 休憩中の冒険者
高所恐怖症には無理です。
669. 休憩中の冒険者
おや、生産板にエルツのおっちゃんが……んー……。
670. 休憩中の冒険者
アイテムがいるのか。銀とメテオライトの合金……ねぇ。メテオライトどこだよ。
671. 休憩中の冒険者
まだ見てないな。
672. 休憩中の冒険者
メテオライトと言えば隕石《いんせき》か。帝国で星降る丘の湖って場所があるとは聞いたなー。

673. 休憩中の冒険者
星降る（物理）？
674. 休憩中の冒険者
危険だから不用意に近づくのはお奨めしないって言われた。
675. 休憩中の冒険者
マジで物理か？
676. 休憩中の冒険者
星降る丘の湖か。ファンタジーだな……。
677. 休憩中の冒険者
湖に隕石が落ちるのかね？
678. 休憩中の冒険者
実際に隕石なら丘どころかクレーターだろうしな？
679. 休憩中の冒険者
確かにな。
680. 休憩中の冒険者
星降る丘の湖……調べてみるかね。
681. 休憩中の冒険者
浮遊大陸行ってきた！

682. 休憩中の冒険者
　マジで？　どうだったよ。
683. 休憩中の冒険者
　天国だった！
684. 休憩中の冒険者
　どういう意味でだ……。
685. 休憩中の冒険者
　SSはよ。
686. 休憩中の冒険者
　こういう意味でだ！
　http://＊＊＊＊＊＊＊＊
687. 休憩中の冒険者
　天（使の）国かよ草。
688. 休憩中の冒険者
　あー……まあ、うん。この世界だとそうなるのか。
689. 休憩中の冒険者
　世界が違うんだし意味が違うのは当たり前だよなあ？
690. 休憩中の冒険者

この世界のあの世は冥府か幽世《かくりよ》だしな。

691. 休憩中の冒険者

魔国もあったよ！

692. 休憩中の冒険者

流れ的に悪魔の国か。

693. 休憩中の冒険者

飛べる種族が浮遊大陸に国を作ってるようだねー。

天国は王都グラズヘイム、宮殿がヴァルハラ。

魔国は王都がヘルヘイム、宮殿がパンデモニウム。

あれは……ハーピィかなー？

694. 休憩中の冒険者

グラズヘイム、ヘルヘイム、ヴァルハラと来てパンデモニウムなのか。

695. 休憩中の冒険者

まあ……北欧って悪魔じゃなくて巨人だから、合うのが無いんじゃね？

696. 休憩中の冒険者

失楽園だと地獄の都市だから、ギリシア語のデーモンの全て……かな？

697. 休憩中の冒険者

王都じゃなくて宮殿の方に持ってきてるから、水滸伝《すいこでん》か？　伏魔殿。

698. 休憩中の冒険者
悪魔がひそむ殿堂かー。

699. 休憩中の冒険者
多分なー。

700. 休憩中の冒険者
妖精の国がティル・ナ・ノーグだからケルト神話。
天使と悪魔は北欧神話とパンデモ。
水棲《すいせい》系のスタート地点は海底都市アトランティス。
深淵《しんえん》がクトゥルフ神話。

701. 休憩中の冒険者
カオスですね。

702. 休憩中の冒険者
ゲームなんてこんなもんじゃね。

703. 休憩中の冒険者
そういや、本によると神竜はダアトって言うらしいぞ。

704. 休憩中の冒険者
ダアト……だと？

705. 休憩中の冒険者

古代竜が赤のゲブラ、青のケセド、緑のネツァク、黄のティファレト、白のケテル、黒のビナで
6属性6体らしい。
706. 休憩中の冒険者
生命の樹ですね。分かりますとも！
707. 休憩中の冒険者
えっと……何がいない？
708. 休憩中の冒険者
灰のコクマー、紫のイェソド……後なんだっけ？
709. 休憩中の冒険者
橙《だいだい》のホドかな？
710. 休憩中の冒険者
生命の樹関連だとアイン、アインソフ、アインソフオウルもかね。
711. 休憩中の冒険者
属性に混ぜられない奴らが抜けてるわけだな。
712. 休憩中の冒険者
灰はステルーラ様がいるしねー。
713. 休憩中の冒険者
橙と紫は無理だし、アイン系統は無、無限、無限光だしな。

714. 休憩中の冒険者
　神竜と古代竜は襲名制なんですかね……。
715. 休憩中の冒険者
　かもしれんな。死んでない可能性も無くはないが……。
716. 休憩中の冒険者
　フェニックスみたいに復活するとか。
717. 休憩中の冒険者
　夢広がるな！
718. 休憩中の冒険者
　そう言えばこの世界のゴーレム、ビーム撃てるんですよ。
719. 休憩中の冒険者
　は？　ゴーレムがビーム撃つの？
720. 休憩中の冒険者
　お宅のゴーレムはビーム撃たないのかい？
721. 休憩中の冒険者
　お宅のゴーレムはビーム撃つのかい……？
722. 休憩中の冒険者
　ゴーレムビイィィィィム！　当たると割とヤバい。

723. 休憩中の冒険者
シーン1回ですね、分かります。
724. 休憩中の冒険者
それどこの運命の精霊？
725. 休憩中の冒険者
クトゥルフもいるんだ、あれから来てても不思議ではあるまい。
726. 休憩中の冒険者
このゲームだとどうなってんの？
727. 休憩中の冒険者
割と強いけど、MP全部持ってかれてしばらく動けなくなるらしい。
728. 休憩中の冒険者
ピラー系をMP枯渇するまで撃ち続けるようなもん。発射中なら一応なぎ払いも可能だし、マジロマン砲してるぞ。
729. 休憩中の冒険者
マジかよゴーレム……。
730. 休憩中の冒険者
40で種族スキルとしてビームが解放されたらしい。
731. 休憩中の冒険者

つまり40から敵がぶっ放してくると。
732. 休憩中の冒険者
魔法生物が魔力ぶっ放して大丈夫か？
733. 休憩中の冒険者
大丈夫だ、問題ない。
734. 休憩中の冒険者
大丈夫じゃない、大問題だ。
735. 休憩中の冒険者
どっちだよ。
736. 休憩中の冒険者
分からん！
737. 休憩中の冒険者
少なくとも北東にある洞窟ダンジョンの上層ではぶっ放してこないな。
738. 休憩中の冒険者
じゃあ下層でワンチャンか。
739. 休憩中の冒険者
洞窟ダンジョンだと45レベからぶっ放してくるぞ。
740. 休憩中の冒険者

マジかよ。
741. 休憩中の冒険者
ゴーレム系ばっかでビーム飛んでくるから、フィールドが洞窟なだけに地獄だった。
742. 休憩中の冒険者
それは草。
743. 休憩中の冒険者
上層に比べ湧きが少ないのが救い。
744. 休憩中の冒険者
層的にはなんぼから？
745. 休憩中の冒険者
4層で稀《まれ》に。大体5層から本番。
746. 休憩中の冒険者
なるほど、せんきゅー。
747. 休憩中の冒険者
おうよ。

書き下ろし――双子は今日も元気

うーん、相も変わらずの人口密度。始まりの町はいつも多いですね。まあ、賑やかなのは良いことなのですけど……あ、双子がいますね。

ん、向こうも気づきましたか。

「「ごきげんよー姫様！」」

「ごきげんよう。アメさんとトリンさんは何を？」

「「住人の子供達と遊んでた！」」

「ふふっ、そうですか。楽しかったですか？」

「「うん！」」

子供達のＡＩもかなりのものでしたからね。

それはそうと、同い年ぐらいのフレンドはいないのでしょうか？　さすがに双子の交友関係の把握などしていません。私のフレンドでは双子が一番下ですからね……。その上が中学生のプリムラさんでしたか。

大体小学生は保護者付きが多いらしいです。たまに大人と子供の組み合わせは見かけます。双子の保護者とは会ったことがありませんので、そういう意味では双子は結構レアパターンだと思います。

ハードが双子分と保護者分の3個は必要になる……という意味では、かなり痛いですね。フルダイブのハードはそれなりにしますから。ただ、ディスプレイでも見れたはずなので、そちらでモニターしている可能性はありますね。それなら既にあるテレビかディスプレイがあれば十分です。

まあ、本人達が楽しそうなら何でも良いか。野暮ってもんですよ。

「この世界の子供の遊びってどんなのでしょう？」

「「あんま変わらない！」」

鬼ごっことか、かくれんぼは定番のようですね。

この世界特有の魔法関連は、子供だけだと危ないのと、町中なので使ってはいけないそうで。

……そりゃ、そうですよね。

ただ、子供用の魔道具は何個かあるらしく、それで遊んだりするようです。

「「ボール遊びはこっちの方が便利そう」」

「そうなんですか？」

「「結界使ってボールがどっか行かない！」」

「それは……とても良いですね」

「「ねー！」」

「しかし魔道具となると、それなりのお値段するのでは？」

「『公園にその魔道具があるよ！』」

公園の遊具ですか。となると領主が置いているわけですね。その場合、領主の設定次第ではないところもあるわけか。

始まりの町は大きいので、何ヵ所か公園がありましたね。行ったことないんですよね、公園。子供達ではなく、その保護者達に気を遣わせますし。……まあ、ＮＰＣなんですけど。

「そういえば野球してた！」

「プレイヤー達がしてた！」

「野球ですか。公園ってそんな大きかったですっけ？」

「『始まりの町の北西側でしてた！』」

「あそこセーフティーエリアではないのですが……」

「『乱入上等だった！』」

何がそこまで彼らを駆り立てるのか……。

「『今もやってるんじゃなーい？』」

「……見に行きますか」

私、気になります。双子と見に行きましょう。

……やってますね。ファンタジー野球ですけど。

「へいへいへーい！　ピッチャービビってるぅ！」

「……くたばれ」

「あぶねぇ！　言葉通りの死球だわ！」

ピッチャーを煽《あお》ったバッターに、火を纏《まと》った剛球が襲いかかっています……。

「『見てる分には楽しい』」

「いつぞやのファンタジー運動会を思い出しますね」

ええ、つまり馬鹿騒ぎです。

「おらっしょい！　げっ」

打ち上げまし……ん？　いや、それは……ありなんですかね？

「ふぅ～！　おらっ」

「なあ……フライを飛んで上空で取られるのつらくね？」

「上空から投げ込まれてくる球もやべぇけどな」

重力による影響もありますから、かなりの速度ですね。各ベースで取る方も大変です。

これ、私だと触手で受け止めてしまえば、外野まで行くことを防げますね。反応さえできればですけど。

範囲から出て球を戻されるとホームラン扱いですか。野球、結構必要ステータスが難しいところですね。投球の速度やバッティングが筋力。コントロールが器用。足の速さはそのまま敏捷。

走者は妖精がかなり強いでしょうけど、それ以外がほぼ詰んでますね。天使と悪魔組が安定か。

直接攻撃はなしで、デバフ系はあり……？　日によってルールを変えているんですか。

……楽しんでますね。

「邪魔だ獣がー！」

「ここでやってる俺らが全面的に悪い」

「それはそう」

タゲって乱入してきたウルフが雑にシバかれています。

町周辺の敵の強さを考えても、ここでやるのが一番なのでしょうね。初心者用ダンジョンも近くにあるので、邪魔とも言い難いですし。


デンジャラスな野球を少し眺めたら、双子と町へ戻ります。

「「浮遊じゃ無理そー」」

「安定性も速度もイマイチですからね。とは言え、やりたいなら人集めますよ？」

「「別にいー」」

「別にやりたいわけではありませんでしたか」

「「うん！」」

「それにしても、バットやグローブも作ったわけですよね……」

「「革と木はあるし？」」

完成形が既にあって、スキルもあるからむしろ楽なんですかね。特にバットはシンプルですし。

削り出しで良いならすぐにできそうですが、バットって合板にしてから削り出しとかなのでしょうか？　さすがに詳しくは知りませんね。

「お二人は何かスポーツとかしますか？」

「「別にしなーい」」

「運動とかしますか？」

「「んー？　別にしなーい」」

ふむ……戦闘系のプレイヤーである以上、体を動かすのが嫌いというわけではないはずです。つまり、ただ単に意識して運動などはしないというだけでしょう。双子は小学生ですし、２人の性格を考えると、それなりに運動量自体は多いと思うんですよね。

もう少し聞き取りをしてみると、予想通り。運動ではなく遊んでいるだけ。妹もそんな感じです。

「あ、お姉ちゃん……と双子！」

「「やっほー」」

噂をすればなんとやら。

「今日はフリー？」

「うん、フリー！」

「じゃあ、４人で狩りでも行こうか」

「「「行くー！」」」

さて、この４人だと狩り場はどこにするべきか。

あとがき

ごきげんよう！　子日あきすずです。

8巻ですね、8巻。今回は住人を絡めたクエストがあり、始まりの町は再びゴブリンの軍団に襲われました。最初の防衛戦からそれなりに経ち、防衛戦も初見のプレイヤーが大半になったタイミングになります。

基本的にプレイヤー達は馬鹿騒ぎしているので、シリアスは住人が担当します。きっとＡＩによる渾身の演技が行われていることでしょう。

今回はリジィの登場です。今後は基本的に、彼女はとりあえず出しておくというポジションです。

実は今回とても余裕がないのです。なんたって書き下ろしに7ページ中の6ページ使ったので。リジィに関してもう少し書きたいところですが、黙ります。

8巻、少しでも楽しいと思っていただければ幸いです。

では、9巻でお会いしましょう！

二〇二二年十月某日

Kラノベブックス

Free Life Fantasy Online《フリー ライフ ファンタジー オンライン》
～人外姫様《イモータルプリンセス》、始《はじ》めました～8

子日《ねのひ》あきすず

2023年1月31日第1刷発行

発行者	森田浩章
発行所	株式会社 講談社 〒112-8001　東京都文京区音羽2-12-21
電　話	出版　(03)5395-3715 販売　(03)5395-3608 業務　(03)5395-3603
デザイン	浜崎正隆（浜デ）
本文データ制作	講談社デジタル製作
印刷所	株式会社KPSプロダクツ
製本所	株式会社フォーネット社

KODANSHA

ISBN978-4-06-530733-5　N.D.C.913　323p　19cm
定価はカバーに表示してあります

ファンレター、
作品のご感想を
お待ちしています。

あて先
〒112-8001　東京都文京区音羽2-12-21
(株) 講談社　ラノベ文庫編集部 気付
「子日あきすず先生」係
「Sherry先生」係

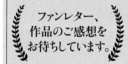